主编　凌翔

当代著名作家美文自选集

陌上花开

李小妃　著

中国妇女出版社

图书在版编目（CIP）数据

陌上花开 / 李小妃著. -- 北京：中国妇女出版社，2019.10

（当代著名作家美文自选集 / 凌翔主编）

ISBN 978-7-5127-1790-9

Ⅰ.①陌… Ⅱ.①李… Ⅲ.①散文集－中国－当代 Ⅳ.①I267

中国版本图书馆CIP数据核字(2019)第202846号

陌上花开

作　　者：李小妃　著
责任编辑：闫丽春
封面设计：陈　姝
责任印制：王卫东
出版发行：中国妇女出版社
地　　址：北京市东城区史家胡同甲24号　　邮政编码：100010
电　　话：（010）65133160（发行部）　　65133161（邮购）
网　　址：www.womenbooks.cn
法律顾问：北京市道可特律师事务所
经　　销：各地新华书店
印　　刷：唐山楠萍印务有限公司
开　　本：165×230　1/16
印　　张：13
字　　数：180千字
版　　次：2019年10月第1版
印　　次：2019年10月第1次
书　　号：ISBN 978-7-5127-1790-9
定　　价：49.80元

目 录

第一辑 诗意，幸福的秘诀

第二辑 乡愁，清甜的回忆

第三辑 梦想，拼搏的青春

第四辑　陌上花开，可缓缓归矣

后记　与美好的心灵相遇

第一辑　诗意，幸福的秘诀

把日子过成诗

（一）朝与暮，诗意尽洒

小城的一砖一瓦，一草一木，都藏着诗意。春雨润物无声，微风拂过，便有了草色遥看近却无。雨声是雨打芭蕉，声声入耳。春雨过后就像是“明月松间照，清泉石上流”，虽不是晚秋，却格外迷人。树木从嫩黄到翠绿，不过短短数十日，然后杏树结了花苞，待杏花被风吹落，桃花和玉兰便赶着盛开了。此时满园的春色再也关不住，几乎是朝暮之间，便姹紫嫣红了。

流年的时光最会让人忆起往事，春与夏之间仿佛就是流年的一瞬，还没准备好，小区的杏花、桃花、白玉兰、紫玉兰、丁香就谢了，没有了繁花似锦。如今院子里就只剩下芍药，成了一枝独秀。没有花争春，郁郁葱葱的树取代了繁花的俏丽，仿佛一切都归于平淡。

可是哪里又平淡了呢？溜走了花与梦，还有眼前的树与生机，盎然的春意已经渐渐消失，随之而来的是盛夏。每一个时节，每一段时光，都可以是一首诗，用文字记录下来，似乎就不寂寥了，又在笔尖获得了重生。于是就有了“桃之夭夭，灼灼其华”，也有了“月夜一帘幽梦，春风十里柔情”。

写文章久了，我发现自己变得越来越矫情，友人说，不矫情，写不出好东西。谁知道呢？北方的冬天是很荒凉的，除了几棵松树还有几分绿色，其余的，都是秋叶落尽，空留满树枝杈。南方的冬还用不上“萧索”这两个字来形容，而北方的冬却不得不用萧索来形容。我常常在想，文人墨客大多喜欢南方的小镇，那里有潺潺流水，有亭台楼阁，可以作出“多少楼台烟雨中”的诗句。可到了北方，尤其是东北，除去冬，秋也变得萧条起来，愁谈不上，只是不忍看罢了。

因为冬日难熬，所以更期盼春的到来。一场一场春雨落下，不多时，就到了草色遥看近却无的时节，一草一木都在暗暗努力，想要探出枝芽来，感受春风拂面。我也暗暗想着，这一次，绝不错过小区里的每一棵树，每一朵花。我要成为最先瞧见柳树抽芽，花朵次第开放的人。可日子从指尖溜走的速度加快了，晨曦交给了拥挤，夜晚交给了霓虹，城市里不比乡村，节奏来得要快，仿佛一夜之间，小区里的树都绿了，门口的玉兰也冒出了花苞。不禁感叹，瞧，又错过了。春天呀，你走得太快，我都来不及欣赏，你就要溜走了。

大连，我在这座城市已经度过六年了，虽然这不是我梦想中的江南水乡，没有充满韵味的粉墙黛瓦，也没有烟雨中的楼台。但这座城的一草一木，似乎都带着诗意，一样的有生机和活力，一样的有诗和远方。

日子一天一天地过去，朝与暮，流年与时光，随着十里春风，伴着盛夏气息，又转入了下一个节气。哪里会有诗意呢？哪里又不会有诗意呢？把日子过成诗，那么你头顶的云，耳边的风，还有卷起的海浪，潮涨潮落，都是诗意。

（二）春与夏，岁月静好

择一城，烟雨朦胧的水乡，清晨推开窗户，便会瞧见绿油油的水稻田或黄澄澄的油菜花海；选一日，独自一人漫步在乡间小路上，不远处有一大片红花，近了之后，又发现几棵向日葵。书卷、笔墨、宣纸、石桌、溪水、荷花，仿佛这一切都是特意安排好的，一齐出现。若院子里有个木制的秋千架，便再好不过了。

我喜欢汉服，喜欢穿上襦裙后的那种飘逸的感觉，气质仿佛也随着襦裙的介入而变得古典了起来。为了搭配衣裳，我又在网上买了许多发钗，根据自己的喜好去制作。我喜欢翠色的玉片，再搭上一朵如凝脂般的紫色小花，一个简单却又不失雅致的发钗就做好了。我的头发很长，也很厚，头发只能绾一半，斜斜地插着发钗，对镜贴花黄，化一个淡妆。虽然过程很烦琐，可我陶醉于这亲力亲为的时光。

我出生在黑龙江东部的一座小城，那里的冬天很冷，雪很厚，仿佛童话里银装素裹的世界。

也许是冬日太冷，我更喜欢春与夏，也喜欢烟雨的江南，有时候常常想，我是不是原本该是水乡的女孩，不然怎么那样爱。

因为爱，因为执着，每一年我都要去一次江南，任何一个城市都好，每一座小城都是粉墙黛瓦，一场细雨过后，都是烟雨朦胧。暮春微雨，静坐在水榭里抚琴，听着雨水拍打荷叶的声音，滴滴答答，和着琴音，仿佛一切都静谧了起来，只觉得外面繁花似锦，舍内岁月静好。一切烦恼和忧愁都被束之高阁，只有眼前春与夏交织的日子，看烟雨中的楼阁，赏雨后初露尖尖角的荷花，听风声，听雨声，还有琴瑟声。想一想那场景，就很美。

有人问，最美的时光是什么时候？我说，当下的每一天，都是最美的时光。时光荏苒，日子仿佛过得很快，还没有准备好，已经到了六月。

单位的同事都忙着为会员感谢日做准备，前半年能否完成业绩，也就依靠六月这个时间节点了。多可怕，仿佛春节的鞭炮声还在耳边回旋，余音犹在，盛夏就已经悄然降临。不管我们承认与否，日子都是一天一天地过，时间过得很快，快到我们没有时间停下来去欣赏春的繁花和夏的蝉鸣。可是怕什么呢？日子不就是这样的吗？就像槿柳花朝开暮落，周而复始，生生不息地盛放，一次次凋谢只为迎来明日的璀璨。

把日子过成诗，春与夏，繁花与绿树，每一片叶子，每一朵小花，都是诗人口中的万里江河，繁荣昌盛。时光如水，我们能抓住的只有当下那一寸光阴，活在当下，过好每一天，那么每一天都可以成为诗中的“采菊东篱下，悠然见南山”。

集市中的人间烟火

入伏之后的天闷热得厉害，云层很薄，阳光很足，就连吹来的风也带着盛夏独有的热度。我最怕热，往往在这个时候就觉得很难熬，感觉整个人身上都很不爽快。所以，我与先生去了云南，美其名曰“避暑”。那段时间正好赶上雨季，早晚温差大，为此，我还带了秋裤和毛衣外套。伏天，穿毛衣，这个搭配听起来很酷。

去大理的第一日便迎来了淅淅沥沥的雨，被细雨笼罩的大理城更像是一幅水墨画。我们坐在客栈的竹椅上，听着雨打芭蕉叶的声音，看着雨水沿着房檐往下淌。这一刻，仿佛整个世界都静了下来。没有工作的压力，没有外界的干扰，这偌大的世界，仿佛就只有我和先生。一杯清茶，半块鲜花饼，两个人。细雨蒙蒙的清晨，我们在客栈中等雨停。

雨来得急，去得也快。慵懒的小憩后，一睁眼，竟看到了一道微弱的虹光，刹那芳华，惊艳了时光。可惜先生贪睡，没瞧见那美景。

我心系洱海娟秀的风光，简单收拾后，便裹了在当地买的毛衣，拉着先生去租单车。

也许是年少时总骑单车，时隔几年，我依旧对单车有着特殊的感情，于是就和先生一同骑。客栈在苍山脚下的大理城中，出了古城，我们一直背对着苍山骑车。为了配合洱海的意境，和她来一场不期而遇的约会，我们只看了大致的方向，然后沿着一条长长的路慢慢骑着。却不想，误入了一条隐藏在深巷里的马路市场。

这个时节，大理清凉得有些冷，清风越过苍山，朝着洱海的方向吹来，夹带着路边的花香，令这雨后的清晨格外清新。

我与先生将单车停在了马路市场的路口，颇为兴奋地转了进去。

这是一条古韵十足的小巷，白墙黛瓦，陈旧的外表下，显露出来的更是时光的痕迹，却不沧桑，反而处处彰显出岁月静好来。集市一路蜿蜒而上，视线到了哪儿，它就延伸到哪儿。小巷中人头攒动，或是身子骨硬朗的老人，或是当地的年轻夫妻，他们背着竹篓分散在各个地摊上，挑拣着各自需要的。当然，在集市上也不乏像我与先生这样的游客。

原本慵懒的清晨被这古镇中的集市打破，这里是热闹的。左右两侧的地摊上，摆满了新鲜果蔬，有高原特产的鸡纵菌和牛肝菌，有水性杨花，有刚挖出来的新鲜莲藕，有沁着露珠的葡萄、水蜜桃、李子，还有小芭蕉……除了吃的用的，还有许多当地特色的竹子制品。

我一直很喜欢这种马路市场，生活中的柴米油盐都化作了集市上的风景。越长大些，就越觉得，一座城市的马路市场是最能体现人文和饮食习惯的地方，它是当地特色的缩影，朴实无华，却大放异彩，处处充满着人间的烟火气。所以，每到一个地方，我都会去逛当地的菜市场，特别是马路市场，这像极了古代的集市，热闹非凡。仿佛在很短的时间里，就融入了当地，成了其中的一分子。马路两侧是当地的果蔬，中间游走的是当地的居民，或闲散，或匆匆忙忙，都在努力地生活着。

听客栈的老板说，大理是有赶集传统的，如果时间刚好赶上，背上个竹篓，像个当地居民一样逛一下，那才叫有意思。贴近生活，在集市上感受当地的民俗风情和饮食文化，我是很心动的，可是时间却不允许。

这样的集市，儿时我是见过的。还记得小时候在舅舅家，有一次，我和弟弟就赶上过村子里的集。那时交通还不是很便利，去一趟城里很费劲儿。所以每月的初二，村子里都会举办一次大规模的集。赶集的地方就在村子的主街，那时候可真是万人空巷。

年纪小时，很容易满足，心境也开阔，并没有这样或那样的烦心事，我会因为一件新衣服而高兴整个暑假，也会因为集市上的热闹而开心一整天。也许是因为没有经历过，感觉集市上的一切都那样好，很真实，很热闹，也很温暖。

为什么温暖呢？我也问过自己，当时并没有答案。直到很多年后，我从哈尔滨来到大连，在租住的房子旁边，我发现了一条马路市场。那是一个很平常的日子，因为工作的事情，很不顺心，为了不把情绪带回家，我特意提前下车，很偶然的情形下，走进了一个马路市场。当时落日的余晖还在，市场被柔和的光包裹着，虽然天色尚早，华灯还未亮，我却瞧见了宛如瀚海星辰般的美丽，那是岁月静好，活在当下的微光。几乎是一瞬间，嘈杂的市场，充满着人间烟火气的集市，将我心底的一丝郁闷和低落拖曳而出，烦恼与挫折都不见了。我眼中所见的是为生活而奋斗的商贩，是拎着鱼肉菜蔬回家的市民，他们脸上洋溢着浓浓的幸福感和满满的热情。登时，一股暖流涌上心头。的确呀，很温暖，这是家的感觉。这里的一切都在提醒着归来的人们，家中的一菜一蔬，亲人的一颦一笑，都是可贵的，也是醉人的。

现时，我与先生在大理的集市上走了一大圈，直到小巷的尽头，回来时，我们买了桃子、李子，还有小芭蕉。满载而归，却还是有些恋恋不舍地离开了，心里想着，明日还要来。

集市是热闹的，我的心是温暖的，我总在想，生活的节奏那样快，我们哪里还有时间去思考，去感受生活呢？还没好好感受，日子就一天一天过去了。就像此刻，盛夏已经来临，转眼间已经过了大半年，回过头来想想，总觉得自己飘了起来，并不真实。可哪里又不真实呢？菜市场，马路市场，站在那里，你就会觉得，飘起来的心终于落下，那是脚踏实地的真实感，是真实生活的缩影。

蔬菜和瓜果，油盐和酱醋，站在摊位后的小贩，穿梭在市场上的人们，还有那嘈杂的声音，这一切，都是真实的生活，是最美的人间烟火。

岁月中的青春颜色

(一)

青春的颜色是青绿色。

春日里，篱笆上爬满的蔷薇，枝头斜挂着的合欢花，微雨过后的杏花，高雅俏丽的玉兰，香气满溢的丁香……我们理所当然地认为眼前所见的花才是青春的主角，却很少有人去关注那陪衬的绿叶，等到花谢了，空留满树的叶子随风摇摆。这才发现，原来绿色的叶子才是尘世间的主色调。所以才有了“春风又绿江南岸”，也有了“天街小雨润如酥，草色遥看近却无”。所以青春的颜色是充满希望的绿色。

叶子的轮廓被微风轻轻描绘出，带着春的期许，它从不招摇，到了节气，就冒出枝芽，展开叶脉，接受细雨的滋润和阳光的照射。它默默无闻，甘心情愿只做陪衬。

叶子的颜色，或嫩黄，或翠绿，或深绿，调和着四季的颜色。春来了，它不招摇，默默冒着嫩芽，只为那些姹紫嫣红调剂一下色盘。等盛夏来临，又装点了整个世界，郁郁葱葱。

青春就是这种充满生机和希望的绿色。青涩懵懂算是黄绿，娇嫩细腻；奋进向上算是翠绿，活力四射；沉稳大气算是深绿，郁郁葱葱，默默拼搏。一簇簇，一团团，一片片，满眼都是源远流长，持久永固的绿色，这才知道，青春呀，就是这种颜色，朝气蓬勃，生机盎然，处处都是清欢，都是希望。

我张扬个性，我放浪形骸，我激情澎湃，我青春无敌。放手一搏，也是拥有“莫愁前路无知己，天下谁人不识君”的自信，登高望远，就算前路险阻，也会有“山登绝顶我为峰”的笃定。怕什么？这就是青春呀！有着无限的可能，就算撞得头破血流，也会恣意欢笑，一路清歌。

（二）

暖色调，青春是一场永不言弃的比赛。

橙黄色，很暖，很感人。比如，风雨中的海上灯塔，母亲在院外给你留的一盏灯，再比如，高考。

如果高考也有颜色，那么我想它会像梵高的《日出》，那样充满希望和温暖。

仲夏夜，晚风吹拂，柳树下，橙黄色的灯光一直都在。校园里寂静无声，偶尔响起几声蝉鸣，倒也可以忽略不计了。

视线拉长，朝着不远处的教学楼望去，莘莘学子还在背书、做题。书桌上的书堆得很高，其中有几本书都快被翻烂了。十年磨一剑，今日试锋芒。苦读了十余载的学子即将面临高考，怕吗？当然怕，那一张张卷子决定了他们今后的命运。但又并不会怕，熬过那几日，迎接他们的就是未来的曙光。

晚自修下课了，铃声响彻校园。

脚步轻快，乘着月光。身体疲惫，双眸却明亮，那是对朝阳的期盼，对未来的期许。

学生的青春与高考密切相关，那是充满希望和光明的橙黄色，暖洋洋，亮光光。多年以后，再想起高考，我想，心里会是暖的。

青春，就是一场永不言弃的比赛。一本本书，一张张卷子，都饱含青春的汗水与泪水，永远不放弃，永远在拼搏。

这就是青春呀，充满阳光和希望，充满自信和热情。

（三）

奋斗的夜晚是黑色的，心里却透着光。

知道阿乙，是看了《朗读者》这个节目之后，听完他与董卿的对话，我感到非常震撼。他对写作有着和对生命同样的忠实和热情，他将生命的力量聚集在指尖，手指碰触到键盘时都会发烫，把心中的一切敲在电脑上，每一个字，每一句话，都是对写作这一事业的热爱。

他在节目中分享，“我认为，生命一开始就是应该属于死神的，它操纵在死神手里，我们要做的就是用自己的事业、自己的生活从死神那里把它夺回来。我们要实现自主权。所以我很感激生命中有写作这件事，它虽然把我推向疾病的苦海，但它也将我拯救出来，把我脱出苦海”。

向死而生，生为写作。他用生命在写作，将自己的所有都献给了创作。对他来说，拼搏、写作的深夜，就是他的青春，他的青春永远不会老去。因为他的心中有光，有对于写作的热爱。

我想，只要他还能写，就会一直坚持下去。

写作需要有一个孤独的环境，不被外界打扰。我认识很多作家，他们在深夜时的创作效率是最高的。黑夜，对于他们来说，与光明无异。

因为他们在电脑上敲下来的每一个字都伴着光，一个字很微弱，聚集在一起，就成了心中那抹永远不会泯灭的光。

青春不老，写作一直都在。

（四）

青春是白色的，就像雪，干净、纯洁、无瑕。

流年里的每一寸光阴都是美好的，都藏在心底深处，默默被守护。青春的每一天都向往纯洁、美好。追忆青春岁月，想着那就是一株莲，清白、高洁、淡雅；也像漠河的雪，离极光更近，空灵、飘逸、洁净。它一尘不染，永远是记忆深处那最纯真的素色年华。

年少时像一张白纸，干净得连一滴墨也没有。那时对世界万物都存在期许，对未来充满期望，脚下的路正在一步一步地走，手中的书也在一页一页地读。读万卷书，行万里路，青春就是这样简单，想做什么，便去做，不想做什么，便可以丢开。无数的日与夜，都在前行中摸索，都在学习中思考青春的样子。想要成为怎样的人，都可以塑造；期待怎样的世界，都可以抵达。这就是青春呀，有着无限的可能，有着无尽的发展。

白，是油画颜料中最干净的颜色，当用色太重时，就要用些白去压，压住了，融合了，就会使整幅作品变得柔和、自然。白可以调成悠远的远方，最后化作一道光，照亮前行的路，没有止境，只有天边一道白。

世间万物，没有比白色更纯净的了，一尘不染，就是最自然的颜色。就像青春，纯真、无邪、善良、勇敢。这就是人生中的一段白，有着无限发展可能的白。

雨初歇，思无涯

傍晚，城市中林立的高楼被缭绕的雾气笼罩着，初上的华灯微弱地散发着旖旎的柔光，一束一缕间，像是有着什么牵绊，弥漫在茫茫大雾中。雾气压得很低，小水珠凝结在空气中，许久也不落下来。一阵风吹过，不知从哪里飘来一阵幽香，花气袭人，不必看花，人倒是先醉了。

不多时，雨丝顺着半掩着的窗飘了进来，我合上手中的书，但并不着急去关窗，被风吹进来的雨水不多，所幸就站在窗前听雨。雨天，云层一般都压得很低，似乎这种天气与“忧郁”两个字很配，同时也跟“矫情”两个字很搭。忽然想起《牡丹亭》中皂罗袍的一句：“原来姹紫嫣红开遍，似这般都付与断井颓垣。良辰美景奈何天，赏心乐事谁家院。朝飞暮卷，云霞翠轩，雨丝风片，烟波画船。锦屏人忒看的这韶光贱。”花开一瞬，有多绚烂，花落时就有多寂寥。姹紫嫣红无人欣赏，空留给断井颓垣，灿烂一时，最终都要归于平凡与孤寂。不禁对景自怜，无限感慨。青春无限好，怕只怕辜负年华，岁月流逝，到头来，只是一场空欢喜。

此处没有云霞翠轩，也没有烟波画船，放眼望去，空有一条马栏河。也不知那马栏河中的海水有多少？里面可有迷失在途中的小鱼和小虾？此时，周围很静，耳边只有雨声，却不是雨打芭蕉，也不是雨落莲叶，却只有冰冷的钢筋水泥堆砌而成的建筑。

虽然现实如此荒凉，毫无古韵，可每当我听雨时，总是会想起黛玉的潇湘馆。粉垣黛瓦，翠竹环绕，曲径通幽处，最是淡雅。黛玉最爱那一竿竹子，隐着一道曲栏，比别处更加幽静。真是“秀玉初成实，堪宜待凤凰。竿竿青欲滴，个个绿生凉。迸砌妨阶水，穿帘碍鼎香。莫摇轻碎影，好梦昼初长”。细细品觉，这词句在齿间回荡，余韵绵长，绕梁不散。刹那间，仿佛自己也置身于潇湘馆中，看着这一竿翠色的竹子，在秋夜听雨，雨打翠竹，淅淅沥沥。断定这雨声定是与别处不同，那当真是美极了、妙极了，真是静雅的所在，说是瑶池仙境也不为过。

年少时读黛玉进贾府，最喜爱那句描写人物的词句，见宝玉是“面若中秋之月，色如春晓之花”，黛玉则是“两弯似蹙非蹙笼烟眉，一双似喜非喜含情目”，初相识，却更像是故人归。我喜欢看他们在元春省亲回宫后，都搬进大观园中居住的情景，喜欢黛玉在潇湘馆抚琴、作诗、练字。也喜欢芦雪庵中吃鹿肉的场景，还有中秋节赏菊花，吃大闸蟹，湘云与黛玉对诗……我喜爱看他们欢闹的一面，而不敢读贾府没落的文字，更不敢看十二金钗的结局。知道结局，就想停在这里，以为不往下读，他们就都还好好地活在大观园里。我不敢往下读，想要一切都停留在繁花似锦的时候。

那时的我还是不忍心，那些“零落成泥碾作尘”的花一般的女子，香如故，却意难平。所以，我现在读《红楼梦》也只是停在贾宝玉还未娶薛宝钗时，虽然早已读过，也早知道结局，却还是不敢。也许当我沉淀几年，再去读红楼，怕是会有另一番思虑了吧？谁知道呢。

厨房炖盅里的排骨汤还在煲，雨才初歇，周围还是太静了。我坐在汤锅前，看着氤氲着的水汽，思绪不禁又飘到从前。

那是深秋十月，我与先生去平遥住了些日子，古城的秋很冷，一下火车便冷得瑟瑟发抖。客栈的老板雇了辆车来接站，我们钻进车里时，都能听到彼此牙齿打战的声音。古城的雨不急不缓，与城中的步调一致，和缓而绵长。可下雨时的古城，却冷得厉害。我们带的衣服不够，所以一整天都在哆嗦中度过。那时我们将所有能穿的衣服都套上了，裙子里穿牛仔裤，外面裹着毛衣，还有一条披肩。先生也是，穿了两条裤子，两件外衣。尽管如此，在古城的街道上半圈还没逛完，便已经手脚冰凉。

但奇怪的是，我与先生在一起时，并不觉得冷，一个拥抱，一条裹在头顶的围巾，就足以让我毫不畏惧地走在街上。我们兜里有钱，彼此牵着手，从古城的这一头走到那一边，坦坦荡荡，颇有一种“赤条条，来去无牵挂。那里讨，烟蓑雨笠卷单行？”的感觉。

因为冷，每隔两小时，我们就回客栈暖和一会儿，在第三次回去时，客栈老板娘似乎看出了我俩的窘况，她切了几片姜，又烧了滚烫的水，让我们喝一杯姜茶暖身子。我与先生相视一笑，道过谢后，便坐在客栈前院的饭堂喝姜茶。那一杯姜茶冒着热气，我与先生捧着杯子，一口一口喝着，这股暖流顺着口腔直达心底深处。隔着玻璃窗，看着客栈外来来往往的游客，他们或形单影只，或成双入对，或几人同行，来来往往，在雨中撑着伞漫步。多好啊，虽然窗外风雨仍在，我的心却是暖的。

平遥古城的雨带着深秋的凉气，就算天晴时，吹来的风也是北方特有的豪迈。人在异乡，感受当地的民风，坐在城墙上，抬头看天，见那高高的云朵；低头望去，看那秀丽的古城风貌，如此，真好。

雨初歇，思无涯。

正想着，走廊里响起熟悉的脚步声，我微微一笑，将煲好的排骨汤盛出来，撒了些翠绿的小香葱，端进了餐厅。让我心甘情愿洗手做羹汤的人归来了，带着初夏细雨的味道，款款朝我走来。

不畏将来，不念过往，如此，安好。这大概就是我期盼的，简单而又平凡的日子了。生活不就是简单而又平凡的吗？但这一桩桩、一件件简单而又平凡的事情却是独一无二的，细细看来，上面似乎还镶着璀璨的钻石，在日积月累中熠熠生辉。

当风遇见云，当我遇见你

（一）每一次相遇，都是久别重逢

有些词，初见时便觉得妙不可言，比如相遇，比如重逢，简单的词语，没有华丽的辞藻来修饰，却美得那样惊心动魄，仿佛灵魂都在颤抖。每一次相遇，都是久别重逢。用这句话来形容我与老师，最恰当不过。

早些年在网上写小说时小有成就，顺势就申请了微博认证，一次偶然的机会，我遇到了红娘子。她从一个服务员成长为畅销书作家，所走的每一步都是励志的传奇，正是这种内在的张力和韧劲儿吸引了我不断去靠近。当时我们的微博是互相关注的状态，几乎她发一条微博，我都会仔细看，而且很认真地去评论，就这样，我们算是成了网友。她很平易近人，思想很独特，她的文字很动人，字里行间都魅力十足。

她是我文学道路上的指路明灯，让我更加坚信，一分耕耘，一分收获。写作和学习一样，需要在日积月累中不断摸索和磨炼。

有一年年底，老师开设了新媒体小说网络班，我怀着无比激动的心情去报了班，并且和老师聊了许多。她还和从前一样，那么温柔敦厚，那么善良淳朴。这一次久别重逢，时隔了五年，可我依旧像个学生一般，对她充满了敬仰和崇拜。

老师的声音很悦耳，有种“大珠小珠落玉盘”的感觉，温柔细腻。这是我第一次听见老师的声音，却完全不陌生，仿佛从前是听过的。我很努力地听课，做笔记，认真完成作业。功夫不负苦心人，我成为班上最先通过审核，拿到稿费的学生，这更坚定了我继续学习的决心。

人生之路从来都没有捷径，只有深一脚浅一脚地走在路上才能知道自己原来是可以的。我有过自我否定的时期，那时与老师聊天，她说，文字是用心写出来的，你不要想着驾驭文字，而要用真心去爱它，用心写，才会感动自己，感动了自己的文字，才有可能去感动读者。

文字是心灵碰撞出的火花，一字一句都藏着真情。我从前过分地追求华丽的辞藻和语言的工整。写了这么多年，才终于真正理解和明白，好文章是用心写出来的，真情实感往往最能打动人。

还好，这一切都还不算晚。

一心一意一辈了，文学之梦，老师为我领航。我知道，她是我命中的贵人，是良师益友。

（二）在最美的年华遇见温暖的人

一周前，西部散文编辑部给我邮来了梅雨墨主编的散文集《飞雪千年》。雨墨先生在书中写了一句鼓励我的话，他说：小妃，加油，棒棒哒！很简单的一句话，也很温暖，沉稳中夹杂着一丝俏皮。我迫不及待地拜读了雨墨先生的大作，他的散文，像古城温暖的光，纯净自然；像山间清爽的风，空灵缥缈；宛如一幅幅水墨画卷铺陈开来，韵味十足，幽雅清新。字里行间都透着淡淡的古韵，底蕴深厚，让人回味无穷。

与雨墨先生相识，是冬日里一个暖洋洋的午后，我向《西部散文选刊》编辑部投了一篇文稿，机缘巧合下加了主编的微信，他就是雨墨先生。他没有主编的架子，很随和。他跟我说，编辑部邮箱里的稿件有两万多篇，静静等回复需要很久，如果可以，发到他那里。我本以为是绝无可能的事，但它却发生了！我是一个在文学上毫无造诣的新人，换作其他散文杂志的主编，或许是连看都不会看的，可雨墨先生竟给了我这么一个绝好的机会。我怀着无比激动的心情，把文章发给了他。

没想到，雨墨先生当天就回复了我，并提出了修改意见。我现在还记得，那是冬日的傍晚，北风呼啸，漫天飘雪，我站在风雪中看着雨墨先生在微信上说的每一句话，毫不夸张，当时我的手都在发抖，眼泪也在眼眶打转。这是第一次呀！我一直期盼的梦想有可能成真，没有什么比这更让我激动和兴奋的了。

北方的冬天很冷，零下三十多度，可我却感到异常的温暖。雨墨先生的话就像冬日的暖阳，温暖地包裹着我的心。让我知道，自己这么多年的努力并没有白费，十年如一日的坚持，我终于瞧见了黎明前的曙光。

寄给《西部散文选刊》的那篇散文《爷爷》是我用心去写的，还未下笔时，便几度落泪。修改的时候也耗费许多精力，一共改了二十六次，最后终于定稿，发给了雨墨先生。期刊编辑部决定用我的文章时，我又激动地哭了出来，那是我一直坚持的梦啊！如今终于要实现，不哭出来，又怎么会刻骨铭心呢？很幸运，雨墨先生花费了近一小时的时间点拨我，他用实际行动告诉我，靠文字吃饭有多难，需要多么深厚的文字功底。他写的那篇散文《魅红》不过是与别人打的一个赌，只是由一张图片就可以写出那样婉转动人的文章，真是让我明白了，文学之路有多艰难，要想坚持下去，写出好文章，还需要不懈的努力和付出。

几天前，雨墨先生告诉我，杂志已经排好，马上要刊登我的文章了。

我再次向他表达了感激之情，感谢命运让我遇到贵人，让我可以在最美的年华遇见一个温暖的人。

感恩，永不相忘。

（三）为了写作之梦，我坚持了十年

北岛在《波兰来客》中说：那时我们有梦，关于文学，关于爱情，关于穿越世界的旅行。如今我们深夜饮酒，杯子碰到一起，都是梦破碎的声音。文章透着些许悲观。我很庆幸，我的梦一直都在。梦想遇见文学，十年如一日。从前，我砥砺前行，如今，我依旧在坚持，从不放弃。

我有梦想，写作，出书，拍电影。

如果梦想可以实现，我会幸福得飘起来。我是一个很笨的人，也很执着，也许是儿时玩伴少，我更喜欢独处。自言自语，或者把心中的话说给书本听，久而久之，我便养成了写文章的习惯。开始时在网上写小说，在博客上写随笔，到后来向报刊、杂志投稿，这一条路走下来，过程虽然辛苦，我却甘之如饴。我很庆幸，在周围出现反对的声音时，我也没有放弃写作，也很庆幸，我的文学梦想一直都在，我没有抛弃它，它也没有放弃我。

自己写的文字被印在墨香四溢的纸张上，那种感觉很奇妙，指尖碰触到文字时，有种恍然如梦的感觉，指尖在颤抖，心灵被震撼，那是久违的阳光，也是迟来的祝福。每一篇文章都像自己的孩子，是用心凝结而成的骨血。激动吗？怎么会不激动呢！

我有梦，关于文学，关于青春，关于心灵的旅行。如今我深夜伏案写文章，寂静无声，那是梦苏醒的样子。

韶华，最是倾城

立夏

那年五月，我坐在安静的教室里做题，等着高考。谷雨之后，课业便更紧了。

实验班的学习氛围很浓，你我都没有空暇的时间闲聊，都在为一场人生中最重要的考试做准备。文科的功课看似简单，背起来却很难。我历史差得很，也许是不喜欢老师，连带着看见历史题也变得越来越烦。你耐心地开导我，在密密麻麻的答案中圈出重点。你的手很纤细，在灯火下泛着淡淡的光。高三的夜晚很长，也很难熬，你说，等高考完，我们一起去看海。

毕业那一晚，我们牵着彼此的手，像将要分离的恋人一般不舍。你我都不相信，同学一场，毕业那天或许就是最后一面。从此以后天各一方，各奔东西，也许终其一生都无缘分再相见。我们承诺，每年都要见一面，永远都不分开。

世界很大，时光很短。

你我在不同的城市生活、学习，牵绊一旦有，见一面，就真的很难。

但彼此之间偶有联络，一年一次的约会，也在如期赴约。

大暑

流年一瞬，转眼间，已过四年。盛夏的闷热，一如我此时的心情。

七夕就在不远，而你却形单影只。你跟我说，和他分手了，很平和，没事儿，过一段时间就好了。

时间过是过了，可是你却没有变好。

从你母亲那里知道，你现在很不好，很不好很不好。她很担心，很心疼，怕你会做傻事。

你把自己关在狭小的房间里，三个月来没有说一句话，也不开门，吃饭更少，有时甚至一天都不进食。时常一个人发呆，到最后听到有人说话都会默默流泪。

我知道，长时间把自己锁在房间里，不说话，不与人交流，正常人都会觉得受不了。可你拒绝出门，也不去看医生，有时竟开了窗户站在窗台上。那时的你在想什么呢？我多想第一时间冲进门去抱住你，握住你的手，笑着跟你说，别不说话啊，我带你去看海，你说的，毕业之后去看海，你还没见过吧？大海可真美呀！可我觉得却没有你美。

你是一个好姑娘，终有一日会遇到自己的白马王子，向你许下一世的承诺。

也许，你就像墙角的蔷薇，春来了，便不顾一切地盛放了，一朵朵，一团团，一簇簇，一片一片地绽放着，开到奢靡也无怨无悔，那样招摇，那样惊艳。所以花谢时，就有些感伤，你不知道，花根和花茎依旧还在，经过秋冬两季的蛰伏，待到来年春日，你又可以绽放如初。

我一直坚信，你骨子里的倔强和执着一直还在，你是我见过最坚强的人。

后来，你终于肯吃饭，肯出门，也去看了心理医生，也在家找了工作。我再了解不过，那份工作很累，但你却坚持了下来，我很佩服，也很欢喜。你终于重新找回了自信和斗志，可以扬帆启程，所向披靡了。

寒露

北方的深秋，一日比一日寒。霜降过后，你我便没再见面。

立冬、小雪、大雪、冬至、小寒、大寒，直到立春，我才得以再见你一面。一如久别重逢的故人。

你说，你找到了要共度一生的良人。

我笑着，忽然有些激动。我一直觉得，你值得这世间最美好的，你善良、纯真、勇敢、坚韧，就像韧如丝的蒲苇，终有一日，会找到属于自己的磐石。

这些年，你在家乡的小城工作、生活、结婚、生子。孩子出生后，你给她取名叫蛋糕，说愿给她最好的，希望她幸福快乐地长大。你终于知道为人母的艰辛，也更能理解和心疼自己的母亲。而我毕业后就来了大连，时光飞逝，一晃便是六年，这些年，我在工作之余依然坚持写作。你曾问，既然我这么喜欢写作，为什么不当全职作者呢？我的回答是，写文章需要切实的感悟，要有生命感，独自一人全凭想象力是写不出好东西的。我要深入生活，扎根生活，才能写出充满灵魂的文字，这样的文字才会有张力。

你我虽然不在一座城市，也不经常沟通，但每次与你相见，我都有不一样的收获。你我终于明白，所谓生活，就是归于平凡，繁花似锦远比不过简单纯真来得长远。

人生是一场修行，修行也在一饭一蔬中。我们寻找生活的真谛，却不得方法，也许，真谛就要在彼此深一脚浅一脚的路上慢慢摸索出来吧。

惊蛰

春来了，谷雨时节就不远了。春雨润物，万物复苏，我看见你，一如二八年华，青春似乎不曾抛下你。

你依旧扎着马尾，亭亭玉立，静静地站在春风里，你笑了，那样美，似乎泛着倾城之光。

我忽然有些嫉妒你。历尽铅华，如今你依旧是少女的模样。你的眼中有光，那是青春犹在的自信满满。我在你身上瞧见了正能量，像一束温暖的光，干净柔和，富有力量。

那是爱，是希望，是你我许下的，对未来的梦。

你我坚持不让梦破碎，坚持理想，认真地生活。你在家乡的小城，昼与夜都交给流年，每一日都不辜负，每一天都过得充实。我们还是不会时常见面，也不会每日交流，但我们彼此都知道，当朝阳升起，新的一天已经到来时，不必怀念，要勇敢地向前走。

就像席慕容《无怨的青春》中的诗句一样：长大了以后，你才会知道，在蓦然回首的刹那，没有怨恨的青春才会了无遗憾，如山冈上那轮静静的满月。

青春理当无悔，在那样一个年华，无论是欢笑，还是泪水，生活都会赋予它独特的意义。几年后再回头看，依旧觉得那段时光充满激情。或许会有遗憾，但正是这份遗憾，让人觉得更加珍贵。

惊蛰之后，便是春分，而后是清明、谷雨。年年岁岁，皆是如此，生生不息，又流转到下一年。

流年，韶华，青春无悔，这就是你我当下的倾城岁月。

陌生人，你的手好美

（一）那一碗茶，氤氲出爱和光

平遥古城的秋很冷，下过雨后，就更清凉。微雨，我与先生走在清凉的街道上，遇见了一个卖手工布包的姑娘。她坐在摊位后面，看着来往的人，并不像其他商贩一般叫卖吆喝，与其说她在卖手工制品，不如说她在做展示。

因为我本身工作与商业有关，对生意有一点自己的见解。所谓商品，它最后到了谁的手里，是讲究缘分的。一件物品，如一眼见到就满心欢喜，就像看人一样，初相识，便一见如故，生出万千欢喜心来，那就是与那物件的缘分了。

那时我与先生在雨中冻得瑟瑟发抖，正想找个地方暖和一下，见她商铺里的手工布包做工很考究，便走进了店里，慢慢看。

这些布包都是她亲手缝制的，上面的刺绣图案各不相同。有的是花，粉的，紫的，红的，有蔷薇，有茉莉，有兰花，有樱花；有的是物，绿的，黄的，棕的，有鸳鸯，有喜鹊，有翠柳，有黄莺；或静或动，或大或小，栩栩如生，婉转动人。这姑娘刺绣的功力很深厚，一问之下才知道，她从小就跟着奶奶学刺绣了。绣花草，绣风景，后来奶奶走了，她就把之前奶奶教的东西都绣了出来，每次拿着针绣花时，好像奶奶还在身边一样。

我与先生一面听着，一面细细看着，店里每一个布包上的刺绣都很好看，很美。当我们终于挑出一个绣有兰花样子的布包时，却发现那姑娘进了后院。再走出来时，手里端了两杯红枣姜茶，还冒着热气。

她笑着说：古城里一下雨就很冷，你们穿得太少了，喝碗茶暖暖身子再走吧。

我与先生并没有推辞，道过谢后便接过茶碗。那瓷碗上的温度犹在，从指尖慢慢延伸，一点一点传递到心头。

布包姑娘从小就和奶奶住在古城，古城的风和雨，花和草，都在她们手中变幻成一个个刺绣图案。小时候她陪着奶奶坐在古城的街道旁，看着来往的人们，总觉得生活那么美好，古城充满了阳光。她说她想一直留在古城，留在这充满记忆的地方，古城的每一个街角，路上的每一块砖，都有她的故事。

这是我们第一次到平遥古城，陌生的古镇，却有一种熟悉的温暖。我还记得那天给我们端来两碗茶的布包姑娘，她的手很美，她的声音很干净，也很清澈。

那一碗茶，氤氲出爱和光。

（二）废墟中修改的图纸

两年前，我还在营业部男装业种时跟过一场装修，那是我管辖区内的一个裤装品牌升级改造。由于前期的图纸沟通存在误差，导致装修时与相邻柜台的距离差出十厘米，这对于商场柜台形象来说，是巨大的疏漏。

跟了一整夜装修的我还未入睡便被助理叫醒，我匆忙从家中赶往单位，见到了负责该品牌的大区经理。他是典型的上海人，做起事来沉稳有序，说起话来滴水不漏。我知道，这是一场硬仗，很难打。

装修围挡还没拆，我拿着图纸走进围挡里面，里面灰尘缭绕，空气质量很不好。柜台左侧果然凹进去一块，我立即想到了几个解决的方案，但在跟工程队反复沟通后，却都被一一推翻了。正当我焦头烂额时，品牌的大区经理从一片废墟里走了出来，他手中握着图纸，脸色凝重。我知道，他们公司老板非常不好相处，这件事情如果解决不好，就连他也难辞其咎。

从前我与他也只是电话联络，面对面交流还是初次，他走到我跟前，拿出图纸一一跟我比对，在确认现有柜台无法解决后，他重重地叹了一口气。然后退后几步，眸光幽深，眉头紧锁。

后来，他像是想到什么，朝我一旁的桌子走了几步，拿出笔在图纸上画柜台的结构。十分钟后，他将手中的图纸递给我。

我飞快地接过图纸，仔细看了看后，忽然豁然开朗，这图纸改得绝妙，不仅没有推翻之前的设计，还增加了一组小柜台展示细节，按照他设计的方案去改，是最节约成本的方案!

许是太过兴奋，再加上一夜未睡，我的头猛地晕了一下，幸好被他扶了一下，才没摔倒在建筑垃圾满地的围挡里。

那一次后，我与这个品牌的大区经理建立了很好的关系，业务沟通也比往常顺畅许多。他对我说过一句话，让我记忆犹新。他说：我的职责就是替老板解决问题，既然事情发生了，最快捷有效地解决它才是正题。当时看得出你已经尽力了，我帮你只是举手之劳，能结交到你这个朋友，才是最重要的。

工作中遇见惺惺相惜的知己很难得，那是一场势均力敌的较量。那一次他对我的帮助，我会一直铭记在心，也会一直珍惜与他的友情。

我还记得他在废墟中修改图纸时认真的模样，仿佛有一道光慢慢氤氲出来，温暖而柔和。

（三）云霄中的轻言细语

四年前，我只身飞往香港，当飞机冲上云霄后，我喝了一杯冰水，不久后便觉得小腹左侧阵阵刺痛，不多时便开始浑身冒冷汗。在我终于疼痛难忍呻吟出声时，坐在我一旁的阿姨发现了我的异状，她急忙替我联系了空姐，并且一直用手绢帮我擦汗。

很幸运，飞机上有个儿科医生，她仔细检查了一下，说，应该是阑尾炎犯了，还好不是急性的，你先躺一会儿别动，忍耐一下，我们已经联系了地勤，等飞机降落，就送你去医院。

我旁边的阿姨很热情，像对待自己的孩子一般照顾我，还不断地搓热双手按着我的小腹左侧。她怕我难受，就一直轻声细语地跟我说话，帮我转移注意力。

那一段航程我虽然很痛，却不再害怕。阿姨的声音像慈母一般宽慰着我的心，她一次又一次地搓热双手，让温暖的热度从她的掌心传递到我的身体，我感到无比的安心。

时光流逝，这些年，我一直走在路上，或出境远游，或踏遍万里河山。路上的风景很美，旅途中遇到的人也很温暖。

人，是陌生的，心，却都很暖。

陌生人，你的手好美。

一曲流觞，不知情起何处

天青色等烟雨，而我在等你

初遇时，那是初春的傍晚，一抹斜阳，几枝桃花，微雨。

高一时学校的课业还不是很繁重，所以实验班也可以参加学校举办的校园歌唱比赛。我们班有个女孩唱《青藏高原》，我因为之前学过一段时间舞蹈，就在班里选了几个同学一起给她做伴舞。在活动室编完舞后，刚走下楼，就遇见了蒙蒙细雨。

抬眸的一瞬，很偶然，我看到了身穿白衬衫的他。

彼时，恰巧袭来一阵微风，拂过一旁的桃树，清风过处，卷起片片桃花。刹那间，雨丝风片，仿佛下了一场桃花雨。桃花瓣儿划过他深邃的眼眸，高挺的鼻梁，最后落在他有些消瘦的肩膀上。他就这样推着单车，一步一步走出校园。

美好的年华，遇见优秀的人，我很庆幸。

那是一种青春时期的特殊友情，可以细心收藏，妥善安放。因为遇到了一个善良、勇敢、积极乐观的他，我也一直跟着他的脚步，努力提升自己。学习、工作、写文章，积极地应对生活中的事，善良地对待身边的人，一点一点将自己塑造成一个温暖而善良的人，和他一样积极乐观。

美好的感情可以激励人去上进，去享受拼搏的乐趣。从不曾拥有，却一直都在。如果可以，我还可以遇见他，我会跟他说：天青色等烟雨，很难，正如我当年在等你。也会问一句：在那个仲夏夜，高三晚自修下课后，你曾经帮我开过单车的车锁，一共三次，你还记得吗？

青春镌刻下的回忆，或青涩，或激情，或婉转动人，或寂静无声。过去的美好时光，是回不去的年少轻狂，流年里的人和事，点点滴滴，一句话，或者一个动作，都已经落幕。

我一直相信，后来人海十万里，终会有人善待我。

昔我往矣，杨柳依依。十年，此为记。

那年阳光正好，微风不燥

初见，寒冬，灯火阑珊。一抬头，就看到了漫天飘雪。

直到遇到先生，我才知道，原来诗中所写“与君初相识，犹如故人归”的感觉是真的。就像贾宝玉初见林黛玉时说：这妹妹我曾见过的。年少时读到这句，只觉得作者或许是为了达到故事的艺术效果才写的，但如今再读这一句，便深信不疑了。

一见如故，便生万千欢喜心。初见时，脑海中便有了这一句。

第一次怦然心动是什么时候呢？

万物复苏的春天，我第一次来到先生的公司，那是一个类似于“回”字形的写字间，第一次去感觉像个迷宫。我走在昏暗的走廊里，一个人也没有，周围静到似乎可以听见心脏跳动的声音。走到角落里后我开始转身往回走，一步，两步，三步……十步之后，像是有某种感应似的，我慢慢地抬头，瞧见先生从走廊那一头的拐角处走出来，昏暗的灯光映在他的头发上，然后是坚挺的鼻梁，再往下，嘴角带着些许笑容，款款而来。彼时，我竟发现那个让我等待多年的男子，像是在梦中设想的一样，踏着昏暗的灯光，脸上带着暖暖的笑容，就那样猝不及防地走到我心里。三步，两步，一步，近了，近了，我以为他会伸出双手将我揽入怀中，但结果他说了一句："刚才在那看啥呢？"

虽然那句话颇有些煞风景，但这也破坏不了当时的心动，便是那一刻，喜欢上他了吧！

相识虽短，但却感觉似数年，那种"何时见许兮，慰我彷徨"的感觉很清晰。来日方长，既然他来了，我便不会让他走。后来我终于知道，每一个女孩儿都会等到命中的白马王子，不必急，只需努力修炼自己。你看过的书，走过的路，遇到的人，见过的风景，都藏在你的气质里。要相信，爱来了，一切自然水到渠成，然后，永不分离。

灯火阑珊，他在等我。

但又何尝不是，众里寻人，我在等他？

那年阳光正好，微风不燥。我终于有枝可依，不必四下流离。

岁月长，衣裳薄

艾佛利德·德索萨曾经说过：跳舞吧，就像没有人注视一样；去爱吧，就像没有受过伤一样……歌唱吧，就像没有人聆听一样；生活吧，就像今天是末日一样。每当我迷茫或者恐慌时，就会想起这几句话。读过之后，就觉得很温馨。岁月是很漫长的，日子也是一天一天过的，设定的目标要一点一点完成，自律也是需要日积月累成为习惯的。

这段时间总是睡不好，人也比较焦虑，还不安。晚上做梦更多了，睡眠质量也在下降。只要一想到我马上就到三十岁了，还一事无成，便很恐慌，好怕自己奋斗一生，终究还是碌碌无为。这种感觉在写不出好文章时，就更加强烈。

张爱玲说过，出名要趁早。我深以为然，也在每天努力着，一天至少写出两千字的散文，要读十页书，认真做读书笔记，一旦哪天没做，或者没有完成，我就会焦虑，甚至难以入睡。我知道这种情况很不好，也跟一起写文章的文友聊过。他跟我说，写文章也要脚踏实地，用心去写，不要带有任何的功利心，思虑过多只会增加内耗，要及时调节。

也许是这十年来的文学之路太过坎坷，我选择了一条非常难走的路，一路走来，没有鲜花和掌声，有的只有默默无闻和潜心耕耘。十年如一日的坚持，而这段时间，我好像忘了写作的初衷。

情不知所起，一往而深。那是因为爱。

对写作的热爱让我坚持了十年，将生活的点点滴滴和感悟记录下来，这使我感到快乐。脑海中的故事被写在纸上，这使我无比开怀。其实我有时太过纠结于结果，渴望成功，却忘了写作真正给我带来的是什么。不是成名，也不是金钱，而是快乐。只有快乐才能将写作变成一辈子的事业。

现在我终于知道，原来写作，出书，都是结果，快乐的过程才是支撑我砥砺前行的明灯。

岁月长，一日复一日，我知道，很久很久以后，我还依旧会写作，也依然会快乐，一如年少。

暮雪千山，只影独行

成年后，越来越喜欢一个人的旅行，自由、洒脱、慢节奏。独行的时光，可以无尽地思考，能发现更多生活的美好。

喜欢上海，几乎每年都要去一次。有时觉得她妖娆，满街的桃花，灼灼其华，似有亮光；有时觉得她时尚，光怪陆离的世界，充满激情和挑战，每一栋建筑都那样摩登；有时觉得她古朴，旧时的弄堂，清晨的收音机声，房檐落下的梅雨，每一个街角，都透着人间烟火气。

流年的时光里，跟我走进上海，遇见不一样的风景吧。

（一）初见，六月七日，小暑，城隍庙，弄堂里

第一次坐飞机就是飞往上海，小暑时节，天气闷热中还会透着些微风。很庆幸，飞机没有晚点，抵达上海时，已是夜里十一点。从机场折腾到市区时已过了十二点，路上很静，没有行人。我跟友人说，好喜欢夜里的上海，有不一样的风情。

友人住在距离城隍庙不远的弄堂里，她住第三层，上面还有个阁楼。一楼是公共的厨房，一家一个灶台，我数过，一共有四个。楼梯很狭窄，二楼的门是敞开着的，门口堆了许多物件，房门用帘子挡着。去三楼的楼梯就更窄了，要用些力气才能爬上去。她租的房间可以通上阁楼，阁楼举架矮，上去之后不能直腰，要弯着腰走路。洗漱区在天台，需要踩着木质梯子过去，那感觉很奇妙，有点像在高空走钢丝，要小心翼翼。

木质的楼梯声响很大，一吱嘎吱嘎响时，就知道有人走过了。我躺在阁楼的床上，侧头看着黛色的窗檐，不多时便睡着了。

弄堂里的清晨很有人间烟火气，有老人早已打开收音机听广播，不远处是空灵悦耳的鸟叫声，耳畔响起阁楼玻璃窗上的落雨声，我爬到阁楼的窗前，推开窗，一股清新的气息扑鼻而来。阴雨绵绵，配着这水墨画般的弄堂，这清晨，绝美。

初见上海，最爱这阁楼，也爱这清晨充满生活气息的声音。那时恰巧赶上江南的梅雨季节，在上海的几日都是细雨霏霏，不过还好，弄堂里的灯光够亮，而且暖。

临走时，我恋恋不舍地看着住过的阁楼，心里想着，下次还要来。

（二）一年后，二月四日，立春，上海的朝阳，苏州的早茶

闺蜜小茹研究生毕业回国，在上海金融圈子里打拼，几年未见，甚是想念，于是我迫不及待地买了机票飞去看她。二月份的上海室内阴冷得紧，室外因为有阳光反倒还好。这是我第一次在没有暖气的地方过冬天，说实话，真的很冷。

因为很冷，所以很早便醒了。冬日清晨的黄浦江畔很柔和，江面像是被朝阳铺了一层薄薄的水晶，微风拂过，卷起一层层金色的浪花。我一个人走在江边，深吸一口气，顿时觉得神清气爽。这就是上海呀！自

由，充满希望的城市。

我跟小茹说，上海很小资，如果把这座城比作女人，那她一定是一个精致而又有韵味的少妇。光与影下，霓虹灯闪烁着无尽的情调，时而清高，时而妩媚。住在这座城的人也格外幸福，可以去苏州吃早茶，去扬州看烟花，去杭州赏荷，去西塘看雨。为了配合这小资，我与小茹当即决定去苏州吃早茶。

两张高铁票，半壶白开水，一把油纸伞。四十分钟后，我们出现在了苏州。

我与小茹找到一家胡同里的早餐铺子，不远处就是白墙黛瓦的拙政园，翘首望着，依稀能瞧见园林中探出的绿树。早餐很丰盛，有鲜肉汤团、纸皮小馄饨、豆腐花、油条和咸豆浆。室外，一张木桌，两把椅子，我和小茹相对而食。阳光很暖，汤汁很烫，周围几张桌子也都是食客，在用当地方言闲聊着。虽然听不懂，但感觉很温馨。

冬日的清晨，在上海的朝阳里，我们一路向西，来到苏州。从摩登时尚的都市到古韵十足的小城，很奇妙。朝夕之间，穿梭在两座城之间，很满足。

喜欢上海，这座城可以实现我的梦想，关于自由，关于小资，关于一场说走就走的旅行。

（三）再一年，五月五日，立夏，浦东，公园里看花

这一次去上海完全在计划外。

四月末，我跟了一场非常耗费体力的装修，连续一周昼夜颠倒，补了十天的假期。睡了一天一夜，醒来时，那是黄昏。忽然饿了，想吃上海的小笼包，于是给小茹发了语音，让她准备收留我。

当我躺在小茹家的席梦思上时，已经是吃掉两屉蟹粉小笼包的状态。

满足，之后又睡了一夜。那时恰好赶上一个周末，便拉着小茹去了趟扬州，在那待了两日，回来时她又去上班了。我在上海宅了一周，写文章，看书，闲暇时就走到街角的公园去遛弯。

在公园里走一圈，会看到玫红或纯白色的杜鹃花，还有一大片翠竹，郁郁葱葱的香樟树，还有柳树、银杏树，草地上的小紫花和小兰花。再往前，会看到一片池塘，荷叶漂在上面，却还未开花，只是从层层的荷叶中间探出几个小花骨朵。

走累了，就坐在公园的木椅上。五月的上海暖洋洋的，不冷不热的天气最适合在外面闲逛，不一会儿，公园里就开始热闹起来。有沿着公园跑步的，一圈又一圈，丝毫不觉得累似的；不远处的草地上，年轻的爸爸在陪着刚学会走路的女儿练习走路；那边有一对青年男女在拍照；而大多数的人推着婴儿车坐在我身旁的木椅上，老人们带孩子，每天都会来这个公园遛弯，逗逗孩子，和新认识的伙伴说会儿话，或者只是静静地坐在树荫下。不管怎样都好，他们的心总是开怀的，从眼睛里能看出来。

一过了五点，公园人就很少了，大家都散去，各自回家了。等待他们的是家里的一饭一蔬，是子女的爱和欢笑。

去公园久了，就会有一种岁月静好的感觉，知足常乐，生活其实就是如此。

依然喜欢上海，这一次在公园里看花，仿佛我不是游客，而是居民。

（四）今年，四月二十，谷雨，城隍庙，外滩，南京步行街，一个人，只影独行

先生去上海出差，而我刚好有时间，便约了他在上海集合，然后去西塘。

周五，小茹去上班，先生要评审，只有我一个闲人。睡饱之后，先用小笼汤包满足了一下我的味蕾，然后就是随意走走。

没有目的地，没有时间限制，一个人走在上海的街道上，很自由。我手里拿着录音笔，一边走，一边记录感受，看到好看的花，或者建筑就停下来拍照。时间一下子慢下来，我感到无比的放松。

三月初，我的工作出现调动，去了一个完全不熟悉的岗位，一切人和事都需要梳理，需要重新适应两个新助理，并且眼下还有一个官司要处理。这段时间我感到压力很大，心情也不顺畅，睡眠质量越来越差，醒来时也心事重重。如今在上海忙里偷闲，虽然刚还在距离外滩不远的公园里处理了近一个小时的业务，但我感到很轻松，心情也畅快许多。

我明白，任何事情都不可以一蹴而就，要想成功，就一定要付出努力。虽然努力的人不一定会成功，但成功的人一定很努力。工作上的事情要看淡一些，适当的放松反而会更利于处理问题，只要心态平和了，做起事情来就会游刃有余。

你瞧，一个人走路还是有好处的。独处的时光，可以无尽地思考。从城隍庙走到外滩，再从外滩走到南京步行街，这一路，遇到许多游客，每一个人都走在路上，没有停歇。我们也停不下来，生命就是在于运动。走在路上的时光，就是生活的一部分，脚踏实地，很好。

读万卷书，行万里路。这山长水远的尘世，终究要我们自己走下去。做自己心灵最好的伴侣，呵护，安慰，妥善收藏。

暮雪千山，只影独行。享受独处的时光，一个人，也会有不一样的风景。

天欲晚，车马喧，故人江湖音渐远

（一）挥挥手，不必回头，昂首阔步朝前走

前些日子，父亲给我来电话，说七月中旬来大连看我。从上大学以来，每年在家的日子越来越短，掰着手指都能算过来。结婚之后，离家更远，见面的机会也更少，一年两次就算多了。因此，与父母见面的时间也更加珍惜。

长这么大，真正能够从内心理解和心疼父母，是在两年前。那时我才刚结婚，生活的一切都要自己负责，时常觉得压力很大。有时我在想，爸妈二十几岁开始为人父母，要养育我和弟弟，父亲肩上要担起所有的责任。他年轻时做过许多职业，瓦匠，收粮食，打首饰，想尽一切办法满足我和弟弟的物质需求，那些年他都咬牙坚持下来，从不在家表现出自己的压力和情绪。而真正心疼母亲，是在结婚第一年，在先生家过除夕。在母亲那个年代，一个人来到陌生的城市，在陌生的家，家人的热

闹仿佛很难融进去。思念、想家，想投入妈妈的怀抱，这种孤独和失落，只有新妇才最能体会。

那年除夕，我坐在先生家的卧室里，看着偶尔划过夜空的烟花，那一瞬间的繁华，良辰美景，都抵不过我的失落。记忆中除夕的肆意欢笑和纯真无邪已经离我远去，结婚似乎是一个分水岭。从前，是家中的女儿，亲人掌中的珍宝，可以撒娇，可以耍赖，可以想哭就哭，想笑就笑；以后，是一个真正的成年人，要担负起家庭的责任，要坚强，要勇敢。进，可在职场披荆斩棘，顾盼神飞；退，可在柴米油盐中，活出诗意。

但我知，自己从未孤军奋战，从未。

生活中的许多事情我们无法选择，也许，你现在正处于人生的低谷，觉得暗无天日，一丝温暖也没有。但请相信，父母就在你一转头就看得到的地方看着你，人生充满爱和希望。他们站在人生的十字路口，遥望着我们，此刻要做的，不是停留，不要不舍。从不害怕，从不孤单，父母就在身后。他们是你永远的港湾，风雨再大，飘摇一世，最终眷恋的还是家。

挥挥手，不必回头，昂首阔步朝前走。

（二）你在英国深造，我在滨城写文章

人生本身就是一场离别，隔一段时间就要上演。天欲晚，车马喧，故人何在？蓦然回首，你我都已各奔东西，天各一方。

你在英国读书时很刻苦，正如在高中时一样。每一次抬头，都能看到你算题的样子，认真，坚忍。我与你相识于少年，高中校园，青春无限。我喜欢你的娴静与内敛，还有那一口流利的英文。上大学时，我和你虽然在一座城市，但彼此都忙，见面机会也少。后来毕业，你去了英国继续深造，而我来了滨城大连，从此果真印证了那句话，天南海北，

各自奔波。

因为时差的缘故，你漂洋过海打电话来时，我都在伏案写文章。聊生活、旅行、梦想，聊到尽兴时，早已是深夜。

在不同的时期，会遇到不同的人，而随着时间的推移，也失去了那些人。失去的，注定远去，而留下的，才最可贵。时光跌宕了那么久，彼此身边来往的人那样多，可最后，知己好友依旧在内心深处留有余地，不经常联系，却一直牵挂。

毛哥在家乡小城生活，一树一花都是风情，没有乡愁，每一日都是幸福；小茹在英国深造，一书一本都是奋斗，没有犹豫，每一天都是拼搏；我在滨城大连，一字一句都是梦想，没有放弃，每一秒都在坚持。我们三个在不同的城，不同的是风景，相同的是一片热忱之心，热爱生活，努力奋斗的心。

故人不在身边，音容渐远，可维系彼此的情谊还在。是故人还是过客，时间会给你答案。

（三）夜空，繁星璀璨，我知，最亮的那一颗，是你

月是故乡明，家乡的中秋最令人期待，也最美好。

去年的中秋是在家过的，奶奶为我煮了许多玉米。当时的秋夜已经很凉了，我裹了奶奶的毛衣站在阳台上，一边吃玉米，一边仰头看着天空。

繁星满天，星子像钻石一样在夜空中铺陈开来，闪烁着耀眼的光芒。记忆中的中秋，有团圆，有欢笑，有三叔种的黏苞米、西瓜王，有月饼，有土鸡蛋。那时最喜欢吃西瓜王的时刻，一家人坐在桌前，看着三叔把最大的西瓜切开，第一块西瓜递给爷爷，爷爷知道我着急，每次都转身递给我吃。西瓜很甜，咬一口便口齿留香。

那天掐指一算，已经十年没在家中过中秋了。还记得回家时我与先生说，这一次一定可以吃到西瓜王，让他见识一下，那是瓜田里最大的一个，每年三叔都留在中秋吃。

话说出去了，可西瓜王却没有见到。听母亲说，她也许久未曾吃到过了。

有时，我固执地认为，童年的一切，都可以复制，只要我回到家乡，一切就都可以重演。我在老屋的菜园里寻找童年的记忆，却发现，木门拆了，房子也翻修了一遍，草莓园没了，院子里的果树也没了。

那天夜里，我梦到了爷爷，他笑着问我，长大了，很好吧？

我哭了，说，长大了，可你不在了。

这一年，我终于长大，再不是当年那个小姑娘了，爷爷也离开了我近二十载。直到现在我还记得当年爷爷教我写信时的情景，他的声音很轻，很柔，很有耐心。仿佛他一直未曾离开，化作了天空的一颗星子，永远陪着我，长长久久。

家乡的夜空，繁星璀璨，我知，最亮的那一颗，是你。

天欲晚，车马喧，故人江湖音渐远。音容渐远，待明日，还要仗剑闯天涯。人生这一场奋战，并不是孤军，有父母之爱，朋友之情，还有夜空中的繁星璀璨。你我再不是人间惊鸿客，而是“陌上花开，可缓缓归矣”的故人。

半盏茶，一晌酒，最是清欢

阴沉了一整日的天，碧空和白云在傍晚时分才出现。

白日里没有太阳，就不想出门，整个人也慵懒了许多，写了一篇文章，便困得不行，再醒来时，已是下午三点。然后穿衣，出门，买菜。回来后煲汤，煮饭，拌菜。简单的食材，荤素搭配，用新买的日式瓷碗盛粗粮米饭，几个小碟，两个汤匙，半盏妃子笑。此时，酒足饭饱，窗子打开，有小孩儿嬉笑的声音入耳，一转头，看到先生在厨房洗碗，哗哗的流水与碗碟碰撞在一起的声音，心里感觉很踏实。

细碎的生活点滴拾掇到一处，都是这俗世里的清欢。我是俗世中的一粒尘，俗人一个，却热爱生活，点点滴滴都很爱。纷扰的世界，平淡而琐碎的小事，做起来，最是清欢。

（一）樱桃是红色的，酒是香醇的

六月，大连的樱桃熟了，水果市场上被不同品类的樱桃大军占领，有红灯，有美早，有明珠，有砂蜜豆，有黄水晶。樱桃色泽鲜亮，果实饱满，吃上一颗，满口的香甜。

朋友家在郊区有樱桃园，上周邀请我与先生去摘樱桃。他家樱桃园里的樱桃很大很红，我们选择了一棵最甜的樱桃树，摘了一小桶。朋友好客，临走时又送我一小箱，运回家后，我坐在沙发上看着门口的两箱樱桃，突发奇想，既然樱桃吃不完，不如做一次樱桃酒。

将樱桃洗净，加少许盐在清水里浸泡半小时，然后自然晾干。将樱桃去蒂去核，在表面切个十字花，放入宽口的玻璃瓶里，加入适量的冰糖，最后倒入高粱米酒，封口。接下来就等待时间的酝酿。

玻璃瓶中的樱桃酒颜色很惊艳，随着时间的流走，桃红变成石榴红。半个月后，将樱桃酒倒出，滤干酒汁，放入瓷坛中，存放在阴凉处。想喝时，倒上半盏，加两块冰，几片薄荷叶，一小片青柠。写文章或看书时喝上一口，真是回味无穷。

樱桃是红色的，酒是香醇的，写文章的夜是醉人的。

（二）市场门口卖香菜的老奶奶

每次下班回家路过市场，就会看到一位白发苍苍的老奶奶坐在市场门口卖香菜。她卖的香菜每一根都收拾得很干净，没有泥土，菜叶也新鲜。一元钱一小捆，整整齐齐地摆在跟前的箱子上。因为做菜需要，每次路过我都会买一小捆。时间长了才知道，她老伴儿走了，一个人退休在家，无人说话，市场热闹，院子里的菜又吃不完，每天就让儿子开车送她来，坐在这，看着人来人往，倒也不无聊。

前些日子，给老家的奶奶打电话，她一个人生活在老屋，白日里收拾园子里的菜，自己摘菜，煮饭，吃饭。我跟她说，奶奶，你知道吗？有个电视节目很火，叫作《向往的生活》，奶奶你知道什么是向往的生活吗？那就是你每天过的生活啊！

向往的生活，奶奶每一天都在过。日出而作，日落而息。院子里种满瓜果蔬菜，坐在阳台上看着绿油油的菜畦，拴在门口的小狗时不时朝着大门外叫上几声，一切归于平静。夜幕降临，夜空的星子就开始眨眼睛，微风吹拂，一切都是向往的田园生活。

奶奶这时就笑，说，那你回来，也过一下向往的生活。

我知道，我不能，就算回去，也是短时间的休假，我永远不能真正回去，如今就像个过客，徐徐去，又匆匆走。

我对奶奶说，你在家帮我过，这样，我想着向往的生活，就想起了你。

奶奶说好，她笑了。

我也笑了。

很奇怪，城市中所期许的生活，正是现在农村里的生活，难道因为节目中有了明星的加入，就让生活变得格外不一样了吗？一样的，生活就是柴米油盐酱醋茶，就像黄磊在节目中每天忙活三顿饭，返璞归真，一切归于平淡，这样的生活才是本质，没有繁华，只有平淡。

一样的平淡，却有不一样的风情，俗世里的清欢，大概就是如此。

（三）茶庄存的正山小种

在单位的茶庄，我有存茶，是正山小种。

我爱这茶，起先是因为名字，正山小种，读起来很好听。后来因为茶汤红浓，色泽光润，味道浓烈芬芳，口感鲜醇，有回甘味，所以更钟情于这茶。

因为工作是做商业，有销售压力，所以闲暇时，格外喜欢在茶庄坐坐。茶庄里有个女孩儿叫慧子，她穿旗袍很好看，仿佛那衣裳是为她而做，量体裁衣，应如是。她很静，喜欢笑，颇有一种“美目盼兮，巧笑倩兮”的感觉。

我爱茶，也爱美人，美人沏茶，甚美。

她的手白皙纤细，指尖划过莹润的茶具，沸水咕嘟，茶盖碰撞，一时间，茶香四溢。惜茶之人会将茶叶与水的碰撞拿捏得恰当好处，那是高境界的合一，变成茶汤，一一注入。一盏茶的时间，很静，彼此闻着茶香，不必多言，如此安静，很好。

生活如此忙碌，朝与暮，昼与夜，都交给拥挤与霓虹。昼渐远，夜渐短，仿佛跟时光偷得浮生半日闲。

晚上七点下楼遛弯时，天边的晚霞还在，一抹霞光，透着无限的期许。一丝一丝的暖意翻涌而来。说实话，这段时间，很累，却很充实，每一天都不曾辜负。没有辜负时光，就很好，也很知足。知足所以最是清欢。

慧子说，在茶庄会遇到各式各样的人。有的人懂茶，惜茶，品茶也很优雅，遇到惜茶之人，那一盏茶的时间，属于彼此，又属于茶。她很喜欢泡茶，也爱喝茶，喜欢满座时的繁华与热闹，也习惯茶凉后的荒凉与寂静。有客人，她便沏一壶茶，没客人，她便独自试新茶，有时也请我喝一杯。

茶中有乾坤，心中有日月，且以新火试新茶，新茶识故人。半盏茶，低眉间，诗意尽洒，这，就是俗世里的清欢。

微笑向暖，安之若素

光阴一点一点流逝，存在记忆深处，肆意欢笑不后悔。回味起来，有些苦，有些甜，有些还暖洋洋。每一日清晨，睁开双眼，便告诉自己，要微笑向暖，安之若素。一日三餐，看书画画，工作学习，一切归于简单，简单爱，不悲不喜不惹尘埃。

曾幻想红尘滚滚，翻手为云覆手为雨，一心一意要争个头破血流，不打下个江山，也要成为业界精英，让团队更上一层楼。当时年少轻狂，不知愁滋味，爱上层楼。而今想来，繁华一世不过雾里看花，水中捞月，洗尽铅华，终究承认平淡是真。不是放弃，而是更注重健康，更关心家人，更觉得身边的琐事，父母眼中的笑更可贵。

素，似比白更纯洁无瑕，也更与世无争。一切归于生活，落到实处，也只是简单的一日三餐，一床一枕。向阳而生，微笑向暖，诗酒趁年华。

（一）给自己一个明媚的微笑，不惹尘埃

休息日，清晨醒来，就再也睡不着，索性起来写点东西。这些天总在整理文章，看散文，想要文章有所长进，着实需要下些功夫。前些日子熬了一小盅桃胶，放点冰糖，便甜到心里去了。许多天没浇水的绿萝依旧长得茁壮，茎叶似乎又长了一点，马上就要落到地面了。想珍惜时间，趁着韶华依旧，多做些事情，不辜负时光，也不辜负自己。

盛夏，恰逢端午节，早市的地摊上多了许多艾叶，我们这里也叫艾蒿。艾叶一出现，节日的气氛也就浓了。离家这些年，没有老人在身边，节日渐渐转化成与朋友的聚餐，再长大些，也开始注重节日中的点点滴滴了。比如，清明插柳，端午挂艾，重阳登高，上元节猜灯谜，春节贴春联。从前在家，有老人张罗着，如今与先生两个人，也要尽力去融入节日的气氛。戴五彩线，买艾叶，吃粽子，煮鸡蛋。一件件做下来，感觉很踏实，也很有趣。

近几年，格外注重修炼自己的情绪，尽量将事情看淡一些，心平气和地处理，不去招惹是非。这个世界不是非黑即白，还有介于中间的灰色地带，不去过分追究，过得还自在些。从前做事一板一眼，变通能力差了一些，在工作上多次碰壁。事后自我反省，归根究底，似乎是自己太过在乎规矩，而不知道打破常规，有时会有意想不到的收获。

我一直严格要求自己，尽量去帮助身边的人，积极乐观，注重细节。在商业领域做事，会遇到许多人，也会有很多突发事件，遇事不乱，稳中求胜，才是正经。这些年越来越承认，与人交流时，你说什么很重要，而说话的方式和语气更重要。语速要慢，不要急于说完，肢体语言和面部表情也要配合到位，微笑，可以拉近彼此之间的距离。换一个角度来说，温暖的笑，会帮你解决很多问题。

可是有许多人对陌生人亲和，对老板和同事微笑谦和，回到家里，

却吝啬得连一句好话都不会说。我们都说不要将情绪带回家，打开那扇门之前先照一下镜子，是否微笑向暖，柔和有光。毕竟，柔情似水的一面，微笑阳光的一面，要留给最爱的人。

岁月如此漫长，依旧要修炼自己，向暖而生，微笑面对。每一日，都要努力做到很好，甚至，还可以更好一点。

（二）向阳而生，一直温暖

转眼间，六月已过大半，也马上到了半年的时间节点，回顾一下，很幸运，上半年结识到一个温暖而优秀的同事。我向来将公司的同事与朋友分得很明确，而对他的定位，是介于两者之间的人。比起“同事”这个冷冰冰的身份，我更倾向于“朋友”这个亲和的名词。

莫愁前路无知己，天下谁人不识君。

用这句诗形容他，最恰当不过。他向阳而生，一直温暖，与他接触过的人都觉得他谦和有礼，儒雅绅士。他在单位风评很高，所有人都觉得他遇事沉稳，处事随和，在别人眼里的烦心事，经他一点拨，往往就会豁然开朗起来。

人生得一知己足矣，斯世当以同怀视之。

一次偶然的机会，与他畅谈梦想与文学，他说，引经据典，有理有据，才能以假乱真，一针见血地指出我写的小说当中的问题。我事后反复思量，恍然大悟。他拿《三体》为例，这本书的内容从爱因斯坦的相对论到霍金的《时间简史》都囊括在内，代入感极强，让人置身其中。作家当如是，不然，永远只是撰稿人。

我向来自视清高，颇有一种文艺青年身上都有的矫情。经他一说，我发现了自己的不足，的确如此，也虚心受教，一直引以为戒。自那以后，写小说时更加注重基础设定，他的建议很为受用。

朋友之谊，更像一株清幽的莲花，素洁、淡雅。所有的盛开，都会归于自然。自然而然，毫不矫揉造作。我很珍视朋友之间的情谊，于他，颇有一种相见恨晚的感觉。

无关风月，只引为知己，斯世若以同怀视之，甚好。

（三）既来之，则安之

游园惊梦，不知今夕是何年。既来之，则安之。

生活像一杯茶，苦味之后，会有回甘。耐得住寂寞，守得住平凡，才会有满室茶香，素雅，安然。一个人变得强大了，面对风和雨时，便是另一种姿态，因为他知道，历经风雨，终会等到一抹虹光。

微笑向暖，是一种平和的心态，是一种谦和的态度，也是一种情怀，是在生活中积淀的乐观与积极。懂得了尘世间的灰暗与沉重，却依旧心怀悲悯，温暖向上。路漫漫其修远兮，脚步从未停止。没有束缚，只是自由。

遇事不慌，处事不乱。不慌，是一种底气，对生活的积累和沉淀；不乱是一种格调，是对生活的感悟与参透。心若温柔，微笑向暖，一颗颤动的心便会被妥善安放，停泊在灯塔附近，精神有爱，灵魂有光，所以安之若素。

第二辑　乡愁，清甜的回忆

我的童话世界

小时候，奶奶家的院子是用榆树围成的，一到了夏天，榆树的叶子就变得绿油油，将院子里的一切都圈在一起，那时觉得好看极了。

农忙时，爷爷和三叔出去卖瓜，我和奶奶就留守在家。那时还小，才四五岁，总也长不高，而且小，没有玩伴儿，就只好搬来个小板凳，蔫蔫地托腮看着奶奶在前院除草。

那时我虽然小，很多事都不懂，可想象力却极好。只觉得静悄悄的午后，院子里的一切都变得鲜活了起来。微风吹动小草，原本像我一样垂着脑袋的小草竟然随风摇摆了起来，顿时就有了活力。我就再也坐不住了，弃了小板凳，站起来去看着它。

我跟小草说话，就像是它会讲话一样，讲几句，又看到一旁的黄瓜晃了几下，以为它在唤我，于是就迈着小短腿走到跟前。小黄瓜还没长大，上面顶着一朵嫩黄色的小花，像我一样，很小，没长开，于是我就更加亲切，觉得既然一样小，就可以一起玩儿。

我跟小草、黄瓜、豌豆、豆角分享有趣的事，和它们一起等着黄昏，等着爷爷卖完香瓜回来。

可是还没等到黄昏，奶奶就除完草过来了，她背着手走到我面前蹲下来，然后笑眯眯地将手里的草莓递给我。奶奶在后院水井旁边开辟出一小块地种草莓，并且告诫我不要靠近，每次都看着我，只要我有往后院走的苗头，她就会跑过来，一下子把我拎起来。她越是这样，我就越对那个地方充满好奇。所以对草莓这种红色的果子也充满了新奇，每次看到她手里躺着的几个娇艳欲滴的小草莓，我就开始胡思乱想。

也许是小时候奶奶讲的神话故事比较多，我的想象力也就在那时被激发了。我觉得这草莓似乎带着魔法的色彩，是驻守在草莓园里的仙子守护的珍宝，每次奶奶瞒着我走进后院，都在跟“仙子”斗法，一路拼杀才得到这几个又酸又小的红草莓。一想到这草莓来之不易，我就更加喜欢奶奶了。

奶奶给我洗脸洗手后就把我抱到炕上，然后端来个小碟子，里面有一小勺蜂蜜，还有四五个红草莓。我趴在后窗台上，一面看着后院的果树和菜地，一面拿草莓蘸蜂蜜吃。

蘸了蜂蜜的草莓可真甜呀！奶奶好聪明，我爱她。

果树枝繁叶茂，枝头压着青涩的果子，微风拂过，隐隐约约能够瞧见西北方的草莓园，那是一个神秘的所在。

我闭上眼睛，幻想着趁着奶奶不注意，自己悄悄爬了窗户进了后院去。那一瞬间，后院的一切果蔬都变成了有生命的精灵，它们都同我一般高，也一般大，都在各自的领域奋力地朝着阳光所在的方向生长着。青涩的果子在吸收阳光，想要快一些长大，你追我赶，一颗颗沉甸甸的，一个比一个饱满。地头的萝卜虽然叶子已经不长了，可是埋在土里的地方却还在拼搏，铆足了劲儿往地里钻。

后院的一切都是自由的、阳光的，同时也是充满神秘的，它们都沐浴在微风和阳光中，享受着自然的清新和快乐。

一切都是美好的，美好得像是童话里的世界。这里没有孤独，有的只是快乐，它们抱着团，一起面对风雨，一起迎接阳光，一起长大，然后再一起变老，生生不息，岁岁如此。

乡村院子里是一定要种一些花的，村子里每一家门前都有一排花，有大红的，有粉红的，有浅粉的，有紫色的，也有嫩黄的……姹紫嫣红般的世界，那是夏天独有的。

奶奶喜欢侍弄花，前院门前也种了许多花。整整齐齐，干干净净，每一株花都被奶奶精心养护着。其中最多的就是大丽花和百日草，还有爬满墙头的牵牛花。

花开的时候，就连空气都是香的。这个时候就热闹起来了，蝴蝶、蚂蚱和蜜蜂像是约好了一样，都来了。百日草是红的，蝴蝶是黄的，蚂蚱是绿的，蜜蜂是永远停不下来的。

蜂儿落在花丛中就不动了，用不了多久，它的两条腿上就会有两个金黄色的小圆包，鼓鼓的，都是它采的花粉。等我靠近想要捉时，它就拍着翅膀一下子飞走了，追了几步又看到一只大红色的蝴蝶，那蝴蝶是我见过最漂亮的，身上全是金粉，在阳光下散发着诱人的光芒。我笑着去扑蝴蝶，却一不小心摔倒，很疼，我却没哭，因为马上就看到一只绿色的蚂蚱。蚂蚱很好捉，我的小胖手一按，就捉住了。

玩儿累了，我就躺在花丛里，地上一点都不凉，反而很舒服。透过花丛向上看，我看到头顶的花好像一下子醒了过来，慢慢地长出了藤蔓，绿色的带着花的蔓一直向上伸，越来越快，越来越远，不一会儿就伸入云端，掩入了迷雾一般的云层里，攀上了蔚蓝的天空。

白云上是不是真的有天宫呢？神仙都住在上面吗？那里的小孩儿也跟我一样小吗？天宫也有花吗？也是大红色的吗？

我就这样幻想着，憧憬着，喜滋滋地做着梦。在梦里，我终于顺着藤蔓延伸的方向爬，爬呀爬，一边爬着，一边喜滋滋地笑着。天宫啊，奶奶故事里的地方，那是真的存在的，只要我一直爬，不放弃，就一定能爬到。

爬着爬着，我感觉到身体越来越温暖，那是我最熟悉的怀抱。暖暖的、软软的，带着些青草的清香。我的后背被人轻轻拍着，耳畔响起的是慈祥的声音。

奶奶在说，在地上睡着了还那么开心，真是太顽皮了。

太顽皮了是什么意思？我不知道，但我听出来奶奶是高兴的，嘴角一定是挂着笑的。

奶奶的笑是慈祥的、温柔的、充满爱的。

爱是很自然的事情，就像泥土爱小花，用尽全力去滋润它、呵护它。也像雨水爱庄稼，需要时，自然而然就降临了。爱就是那盘子里的红草莓，虽然酸，但却是我独有的，那种味道回味无穷。

童年的后花园是充满奇幻的，我极力想象自己是在一个梦想庄园长大的，周围有蔬菜精灵，还有草莓仙子，我跟它们对话，一起长大。

水井边的草莓，前院种的大红花，攀上云端的牵牛花，还有蝴蝶、蚂蚱和蜂儿……点点滴滴都堆砌成我心中的童话世界，那里充满阳光、快乐，还有爱。

夏日的黄昏

北方村庄的黄昏很美。

当落日如同一个赤红的火球掉进遥远的西方时，黄昏微妙的暗紫色渐渐从天际漫开，流入西天辉煌的落霞中。此时的天空不是蔚蓝的，而是铺满了橙红色的霞光，美得那样炫目，那样耀眼。

黄昏的村庄是静悄悄的，晚霞在等待落日划过天空的一瞬，院子里的红花也在留恋最后一抹斜阳，在屋子里做饭的奶奶在等待一家人的归来。

而我，在等着爷爷。

我的家乡是黑龙江省东部的一个小城，叫宝清。我出生在距离县城很近的村子里，从小，我就跟着爷爷奶奶住在那里。

从爸爸这边家族来看，我是孙子辈里唯一的女孩儿，同时也是最大的孩子。爷爷、奶奶、两个叔叔还有一个姑姑对于我的喜爱，用我妈的话来说，就是她都捞不着抱一下。可想而知，当年的我是多么幸福，家里完全没有重男轻女的思想，都把我捧在手心里当成珍宝一样地疼。

而对我尤其“溺爱”的就是爷爷。

从我有记忆以来，爷爷就已经不教书了，他和三叔一起种瓜卖瓜。不是我自夸，爷爷种的香瓜又香又甜，吃了一次就会觉得别人家种的瓜都不好吃。有些老主顾只认我爷爷这块“活招牌”，不认香瓜。有一次爷爷病了，三叔去了之前那个市场，老主顾一看不是爷爷卖的都不买。三叔一直说是一家种的，香瓜都是一样的，他们偏不信，一定要等爷爷推车出来卖，才买账。

那个时候家里的条件并不是很好，不是想吃什么就能吃上，但爷爷总是想方设法让我尝到更多的好吃的。所以他每次都会在出去卖香瓜的时候，用自己卖剩下的瓜跟卖食品的小贩做交换。

所以，我小时候最喜欢夏日的黄昏。每当日落西山，晚霞映着天空变得红彤彤时，我就会搬来个小板凳坐在院子门口，托着腮翘首盼着爷爷回来。不管多累，爷爷总是挺直了腰板推着架了两个竹筐的自行车，只要一拐弯，我就尖叫着跑过去，踮着脚看看爷爷今天换回来的是什么！

今天是山楂糕呢，还是柿子饼呢？或者是糯米圆子？红果子？是什么呢？闻着香香的，怪诱人的，我的口水都要流出来了！可无论我怎么踮着脚，双手也只够得着竹筐的边沿。我还太小了，也太矮了，竹筐都能把我给装进去了！

每当这个时候，爷爷就会把自行车架好，然后把我抱起来放进竹筐里，让我一下子就能拿到里面的东西！

耶！太好了！是一小段香肠！这是我最喜欢吃的！我爱爷爷！爷爷万岁！

我坐在竹筐里欢呼着，眼睛笑得眯了起来，抓着香肠一小口一小口地吃着，满眼的幸福。而爷爷就推着自行车载着竹筐里的我，踏着夕阳，一步一步往家走。嘴里面还念着那首教了我很多遍的诗：“少小离家老大回，乡音无改鬓毛衰……”

当时的我可能是吃香肠太兴奋，一下子就开了窍，学会了那首诗，于是就扯着嗓子喊出下一句："儿童相见不相识，笑问客从何处来！"喊完之后就"咯咯"地笑着，一直说那个"儿童"就是我，爷爷就是"老大"。

爷爷的眼睛是笑盈盈的。爷爷的笑，当年就和我这个小孩子一样。

与奶奶不同，爷爷就很喜欢带我去后院"探险"，所以吃过香肠，他就把我从竹筐里抱出来，然后牵着我的小手，一步一步走到后院。

我十分激动，欢呼雀跃地迈着小短腿蹦蹦跳跳地跟着爷爷，他的手掌很大，也很温暖，大手包裹着我的小手，一刻也不松开。

拐了个弯，穿过几棵果树，那一片充满神秘色彩的草莓园就落入了我的眼帘。我蹲在草莓秧旁边，盯着看了许久，才伸出手轻轻摸了摸草莓叶子，扒拉两下，藏在叶子下面的草莓果子就出现了。它很小，比奶奶给我摘的草莓都小，而且或白或青，没有一丁点儿红色。

好失望啊，原来草莓不是结在树上的，而且草莓秧是那么小一株，比我还矮，就只到我的脚踝。怪不得结的果子那么少，不仅小，还酸。

守在这里的仙子呢？去哪儿了？

我自言自语的声音传到了爷爷的耳朵里，他笑着看了我一眼，说："草莓还没熟，只有红了才能吃。"

我说："是不是草莓没熟，所以守在这里的仙子生气了？"

爷爷一听，仰头大笑，笑够了才走过来，拿手点了一下我的额头，说："黄昏了，仙子回家休息了。"

爷爷的手指冰凉，碰到我的额头时，我竟然觉得很舒服，于是干脆把草莓和仙子的事儿忘了，挪动着脚步靠近了爷爷，伸着脖子说："爷爷，再贴贴，凉凉的。"

爷爷笑着，又摸了一下我的小脸蛋，转头从地上拿出来一个大西瓜，说："走吧，回家了。"

我见到西瓜，立刻张大了嘴巴，指着上面还沁着水珠的瓜说："草莓园里还有西瓜！爷爷好棒！"

爷爷说，西瓜是从水井里拿出来的，水井很深，越往里面就越凉，夏天将西瓜和香瓜用篮子装了，放在井下冰镇着，等到吃时再取出来，冰凉可口。

爷爷说完，我也学着说："冰凉可口。"

许是我的声音软软糯糯，语气又着实可爱，爷爷听了，嘴角的笑容更浓了。

夏日的黄昏是我最爱的，那段时光也最美好。在小镇村庄里的人，只要活着一天，就会在这一天的末尾，感受到黄昏。但黄昏是稍纵即逝的，很少有人像我一样，搬着个小板凳坐在院子里等着黄昏，可我怎么是在等黄昏呢？我等的是黄昏归来的爷爷。也正因为如此，我才会对黄昏有着如此眷恋的感情。我的眼帘就像一个帷幕，榆树、房屋、烟纹、霞光，都像是一张张剪影，落在我眼前。我托着腮用力地记着，记着黄昏时的一切。

黄昏过去，天空呈现出一片灰白，渐渐地，夜幕降临，天空中的星子便出来了，一颗一颗亮晶晶的，闪啊闪啊，最后出现在我的梦里。

夜空是璀璨的，村庄是静谧的，爷爷切的西瓜是清凉可口的。

金秋十月

转眼入秋，便到了十里村庄处处金黄的时节。

如果从天空俯视大地，就会瞧见茫茫原野上的黑土地被成熟的黄豆、玉米、高粱铺满，在干爽的秋风里，被阳光映衬得金灿灿的。村庄上的人们在忙着收割，在忙着打谷子，每个人的脸上都挂满了笑容，因为丰收了。

秋天是有颜色的，它是秋风吹过麦田的金色，也是秋雨落下时的灰白，还是农民脸颊上的那一抹红。这是一年当中人们最忙碌也最满足的时候，两季的劳作，换来这一季的丰收，他们用劳动来见证春华秋实的喜悦。

对于乡村里的人来说，一年四季最值得期待的就是秋天了，勤劳朴实的农民每一天都在用自己的双手创造价值，创造希望。

而对我来说，夏天过去，香瓜就卖完了。没有了香瓜，也就没有了各式各样的好吃的。麻花没了，糖豆没了，更没有汾煌雪梅了。

秋天只有收不完的玉米和黄豆。每当三叔拉回来一车苞米棒子，奶奶就拿个厚垫子，戴上手套，坐在那儿扒苞米，那苞米堆得像一座小山。我也坐着扒，也并不会扒，就是捣乱来的。一会儿就爬到已经扒好的金黄的苞米堆上去了。然后就开始挖洞，等挖得完全看不到外面时，我就躲在洞里面，小声地数着数。可我只会数到十，十之后就要重新从一开始，数到第三遍时，我知道，爷爷就会上来把我抓出去，然后洗脸洗手，吃他刚烤好的苞米。

那香糯可口的苞米立刻就把我征服了，我问爷爷，为啥三叔种的苞米那么好吃。爷爷这个时候就偷偷看了看仍旧在外面扒苞米的奶奶，然后飞快地点了一支烟，特满足地吸了两口，才笑眯眯地说，因为饿了，所以吃起来格外香甜。当时我吃得满脸都是苞米粒儿碎屑，爷爷随手帮我擦了擦，又说，等你长大了就明白了。

长大了就明白了，长大了是什么意思！我觉得现在挺好的。

饿了就煮苞米吃，渴了就喝水，一碗不够，就再来一碗。爷爷去阳台的石阶上躺着，我也跟着躺着，结果不小心翻身掉了下来，幸好阳台不高，也没摔伤，哭了几声就好了。可是没有记性，下次还学爷爷的样子躺上去。爷爷对着镜子刮胡子，刮完之后，我趁他不注意，也拿起刮胡刀刮胡子，胡子没刮到，倒是刮掉了一小块肉。到现在我的左脸上还有一小道疤痕，好在不仔细看是看不到的。

院子后面是一大片麦田，秋收的时候爷爷就会牵着我的手过去。

北方的秋风干爽，风吹过麦田，涌动的麦浪一波接着一波，像永远都不停歇一般。我与爷爷一高一矮，一大一小，站在麦田中央看着远方被枫叶染红的山脉，听爷爷给我讲过去的故事。

秋日的午后是慵懒的，麦田里却是活力十足的。

爷爷对我说，这世上的每一个人都是一株麦穗，充盈而饱满地生活着，带着希望和理想，等待秋风吹过，麦穗中的每一个麦粒都沉甸甸的，那是酝酿了许久的成果。他希望我长大以后也可以找到自己的麦穗，虽然成长的过程很漫长，也很坎坷，但等到收获的季节，也能收获一捧麦粒，颗颗饱满，粒粒踏实。

我抬头问爷爷："嗯，我也想快点长大，长大了就比麦子还高！"

爷爷笑着说："孩子，不要着急长大，你未来的路还很长。"

未来？未来是什么意思？我想要快点长高，这样就可以和隔壁宁奶奶家的孙女一起玩儿了，可以跳格子，可以跳皮筋，还可以捉迷藏。可我还太矮了，也太小了，一个玩伴儿都没有。

可我也并不孤单，我有一个特异功能，能和花草树木说话。奶奶不理我时，我可以跟小草或者小花说话。那时我并不知道这是一种自我保护的做法，因为孤单，没人跟我说话，我只好自己找趣儿。但我并不觉得难过，反而还很高兴，因为我知道，尽管时间过得很慢，但只要等到黄昏爷爷就会回来。

秋天真好，爷爷可以一直陪着我。

我仰起头看着爷爷，问："爷爷，你可以一直陪着我吗？"

爷爷又笑，反问我："你能在一株小麦上找到两个麦穗吗？"

在那个秋高气爽的午后，爷爷跟我讲了许多，许多许多我也记不清了。而那时候也听不懂，听着听着我就昏昏欲睡了，一个踉跄险些跌进垄沟里，幸好爷爷一下子就将我抱在怀里。我就趴在爷爷的肩膀上，哈欠连天地看着金色麦田的浪花，思绪也随着一潮接着一潮的麦浪飘得很远，很远。

我似乎看到一条金色的巨龙乘着秋风而起，越过麦田扶摇直上，它在广阔的天地间盘旋了一周后，就消失在云端，最后只剩下耀眼的光。而我，就眯着双眼，透过一条缝隙瞧着，慢慢的，就进入了梦乡。

在我眼里，一切都是美好的。

我的手里还紧紧攥着麦穗，麦穗上的锋芒被午后的阳光镀上了一层柔和的光，等我再醒来时，便闻到了一股醇厚的麦香。我揉了揉眼睛，爷爷不在身边，奶奶也不知踪影，看着窗外橙红色的光晕，一时间有些分辨不出是清晨还是黄昏。

我很费力地从炕上爬下来，脚刚着地，就被爷爷抱起来，他笑着拿出手里烧好的麦粒，一股熟悉的香味钻到我的鼻子里，我深深吸了一口气，喜滋滋地放进嘴里。

在我看来，这世间万物都是有味道的，秋天也是一样。

秋风是甘甜的，越过北方的山脉，带着农民丰收的喜悦。秋雨是香甜的，穿过厚厚的云层，浸润着收割后的黑土地。秋天的味道就像爷爷替我烧好的麦子，醇厚而香浓；像刚煮好的苞米，软糯而香甜；也像中秋节才能吃到的西瓜王，切开之后，我看到的是全家人的微笑，那是团聚的喜悦。

十月，丰收，甘甜的秋天。

零下四十度的时光

家乡的冬天很冷，有多冷呢？那是一种只要在室外深吸一口气，冰凉的感觉就会顺着喉咙直抵小腹的冷。广袤无垠的黑土地会被冻裂，小裂纹纵横交错，向着四面八方蔓延开来，毫无规则可言。从东向西，从南到北，裂纹有几寸的，也有几丈的。用老人的话来说，今年可真冷啊，地都冻裂了。

冬天来了，每次出门，我都穿着奶奶亲手做的棉衣棉裤，被包成个小粽子，走起路来更费劲儿了。一到室外，每个人嘴边都有一团白气，起先我很兴奋，用力地朝空中吹着气，看着那团白色的哈气飘向远处，但飘得也并不远，不一会儿就消失了，新的哈气再续上来，只要在室外，哈气就一直都在。

玩儿累了，不觉得新鲜了，我就跟在奶奶的身后去取冻白菜。北方的冬天新鲜的蔬菜很少，几乎都是吃秋天提前贮存的白菜、土豆和萝卜。而到了冬天，冻白菜就变成了人们饭桌上不可缺少的一道菜。

冻白菜，顾名思义，就是把新鲜的白菜放到室外冻上。北方的冬夜很长，有时深夜温度能达到零下四十度，白菜放在干净的雪壳里，冻一晚上，就会变成坚硬如铁的冻白菜。

那白菜我是拿不动的，只好看着奶奶从雪壳里拿出来一棵抱到屋里，等化开后，就被奶奶切成条，放进滚烫的热水里煮一下，再捞出来放在清水里泡着，等要吃时，抓出来一团，用双手拧干水分，就可以蘸鸡蛋酱吃了。

鸡蛋是奶奶养的鸡下的，冬天的时候三天才能有一颗鸡蛋，大酱也是奶奶亲手做的，经过时间的锤炼味道更加醇香，二者通过热油融合在了一起，就成了我佐饭的鸡蛋酱。

冻白菜蘸鸡蛋酱，再配上香糯的米饭，这也足足能让我开心好一会儿了。

吃过午饭，奶奶收拾完碗筷，就拿出五颜六色的毛线，坐在温热的炕上钩坐垫。而爷爷就会借着炉火，熬一罐茶，火苗从煤炭上跳出来，“哧溜”一下舔舐了茶壶，茶水滋滋地发出声响，茶叶的清香便溢了出来。我闻着香味朝爷爷跟前爬过去，凑到跟前又深深吸了一口气，叹了句，好香啊。

爷爷被我的举动逗乐了，将手中的茶碗端到我嘴边，说：“慢点，别烫着。”

我是慢了一点，但还是被烫到了，舌头尖起了个小水泡，刚要喊疼，就瞄到了炉子盖上的两个土豆。瞧见好吃的，我就不觉得疼了，也忘了哭，一双眼睛只盯着土豆看。

爷爷笑着刮了一下我的鼻尖，说：“馋丫头，这土豆还要再烤一会儿，你先去看会儿冰窗花。”

那年的冬天格外冷，冰窗花到了午后竟还没化，离得近了，我仿佛能听到窗外呼啸的北风。那冰窗花就贴在玻璃上，才一凑近，就能感觉到一抹清凉迎面扑来。那是冬日的大手裁剪而出的冰窗花，有棱有角，像一朵朵姿态各异的雪花，晶莹剔透，仔细嗅着，倒像是透着馥郁芬芳似的。一朵朵宛如冰雪精灵，跳跃在慵懒的午后，合着室内的茶香，一点点慢慢融化，最后消失在温暖的热气中。

冰窗花消失之后，玻璃窗上就留下一道水印，还没滴到炕上，就被我用袖子擦掉了。

爷爷的茶已经喝了大半，正坐在炉前为我烤土豆，童年时的零食很少，夏天还能通过以物易物换一点吃的，到了冬天，就只能自己想办法了，围着炉子烤的土豆就是我冬日的零食了。

炉盖儿一圈又一圈，我趁着土豆没熟的工夫数了一下，一共有四圈，铁质的炉盖被煤炭烧得热热的，土豆放在上面，烤过一段时间后再被翻面，这时土豆的一面已经有些发黄了，香味儿也就出来了。

烤熟的土豆被掰开，一股热气就冒了出来，里面呈现出黄澄澄的颜色，土豆很面也很沙，趁热咬一口，软糯的口感，入口即化，咽下去之后口中还留有它的醇香。

我躺在爷爷的腿上，听着外面寒风的呼啸声，那声音从遥远的北方吹来，穿过村庄外面的杨树林，拍打着村庄房舍的窗户，声音大的像是要把窗户吹掉似的。那声音悠远绵长，卷起地上的残雪，一次次想要吹进来，却被窗户一次次地挡住了。

我听着那声音，有些害怕，捂着耳朵说："狼来了，嗷嗷地叫着呢。"

这时奶奶已经钩好了一个坐垫，不同颜色的毛线交错着组成一个新的图案，她的手很巧，手指也很灵活，一个垫子这么快就做好了。见我捂着耳朵，便推了我一下，说："怪叫什么？哪有狼，那是风来了。"

我还是害怕，问："风来了？它为啥来？怪吓人的。"

奶奶说："风自由自在的，想来就来了啊，很自然，就像你馋了就想吃烤土豆、烤鸡蛋，饿了就想吃苞米，渴了想喝水，害怕了就捂着耳朵，一样的。"

我被她说晕了，不太明白，但我听到了一个关键词，于是不再捂耳朵了，拉着奶奶的手说：“我想吃烤鸡蛋。”

冬天天黑得早，还没玩儿够，天就黑了。夜幕降临之后，村子里就很少有人走动了，夜晚的寒风能把人的耳朵冻掉。人们早早地吃了饭，把火炕烧得很烫，关上房门，准备入睡了。

临睡前，奶奶还跟从前一样，给我讲故事。讲的还是那个我最喜欢听的——七仙女的故事。

我问奶奶：“七个仙女真的住在天上吗？”

奶奶说：“对啊。”

我咬着手指想了想，说：“那我也想住到天上。”

奶奶笑着说：“天上是神仙住的，你去不了。”

我问：“天上有烤土豆吗？”

奶奶说：“没有。”

我赶紧摇了摇头，说：“那我不去了。我永远陪着你和爷爷。”

窗外的北风仍旧呼啸着，风雪拍打着窗户，有着它独有的节奏。外面很冷，屋里却很暖。我躺在奶奶身旁，双手捧着她的脸颊，渐渐地，听着风声，便入睡了。

零下四十度的时光却是温暖的，充满爱的。我从未感觉到冷，也从未害怕过，因为有爷爷和奶奶陪着我。他们填补了我的童年，而我也陪着他们慢慢变老。

生活中充满阳光和希望，一直被爱包裹，所以寒冬也并不难熬。

过年

从前，自冬至开始便一心一意盼着过年，总觉得辞旧迎新，锣鼓喧天，看烟花爆竹是一年之中最值得期待的事。那时太小，只想着快些长大，觉得长大了会更好。现在，从入冬以来便抗拒过年。现在的过年，只是和家人一起吃的几顿饭，舟车劳顿，风尘仆仆，还未来得及休息，就要踏上离家的路。

后来，我深知，对过年的期盼，也是对童年的回忆。一直念念不忘，所以格外深情。

（一）

热闹是从置办年货开始的。那时北方冬天可买的水果很少，最常见的就是苹果、梨和橘子。室外冻货倒是很多，冻梨、冻苹果、冻柿子、雪糕，还有五彩纷呈的糖块。再买些鱼、肉、蔬菜、鞭炮，年货就差不多了。

而我最感兴趣的是买新衣，穿着新衣服过年，是让我感到最幸福的事。瞧，那时的我多容易满足，快乐也是很简单的事，一件新衣，几块排骨，半碟香肠，就够我开心好几天了。

除夕当天，穿新衣，贴春联。一切收拾妥当后，我与弟弟就先跑到爷爷奶奶家。三叔早已将红灯笼高高挂起，爷爷在贴春联，奶奶在老屋的厅堂准备供宗谱的食材。我现在还记得，有一块四四方方的烧肉，一条鱼，一捆炸粉条，一小棵用丸子穿成的树。案上再摆些红枣馒头、苹果、橘子。中间有一鼎香炉，从除夕到初二，要保持香火不断。

奶奶做的炸萝卜丝丸子是我童年的最爱，她也知道我和弟弟们喜欢吃，所以做的也多。一锅炸出来之后，我和弟弟就用手抓着吃。那时阳光正好，微风不寒，坐在院子中央的沙果树下，一边看着忙里忙外的母亲和婶子，一边吃着奶奶做的炸萝卜丝丸子，只觉得幸福无比。

童年时，幸福不过是简单的一饭一蔬，是油锅里翻滚的萝卜丝丸子，是坐在沙果树下的岁月静好，也是那段流年中无忧无虑的时光。

（二）

午饭过后，大人们在老屋说话，孩子们便开始自由玩耍了。玩什么呢？当然是放鞭炮了。那时三叔会买许多小鞭炮，有划炮、摔炮、二踢脚、窜天猴。那时我和弟弟们喜欢细水长流地，整联的小鞭炮有一百响，也有一千响的，一起点燃，不过瞬间的光景便没了。所以我们心照不宣地将小鞭炮拆开，要小心翼翼，不能把里面的药粉拆漏了。不一会儿，就拆了一小堆，每个人拿了一小兜，再点一根香，跑到院子里去放鞭炮。

窜天猴插在雪堆上，点燃之后就赶紧跑远，不一会儿就听见它划破苍穹的声音，悠远绵长。放小鞭炮就需要技巧了，对着香点燃后，需要立刻扔远，不然就会把手崩坏。现在想来，小时候的我们真的好勇敢、好机智，不过三四秒的时间，竟拿捏得那样准确。

一般女生是不会像我这样的，可我的童年玩伴真的很少，大多数时候都是跟着弟弟玩儿。他去打冰嘎，我就拎着小皮鞭跟在后面；他玩弹珠，我也玩弹珠；他出去放鞭炮，我也放鞭炮。那么有趣的事情，想来是不分男女的。况且我那时还小，哪管得了什么女孩子要娴静、要端庄，先玩高兴了再说。毕竟快乐是一时的，飞走了，就再也回不来了。

后来，略长大一些，从前和弟弟玩儿的东西，就再也不玩了。我更喜欢坐在温暖的室内看书，室外再开怀的笑声和鞭炮声，我也只是听听，不再出去了。

所以我很庆幸，童年里那些好玩的，该玩的，不该玩的，我都玩过。我想，很久很久以后，当我再想起小时候放鞭炮时的情景，也会嘴角上扬吧。

童年的率真，无忧无虑无烦恼，每一天，每一秒，都很开怀，很快乐。在那一段时光里，我恣意畅快，玩得酣畅淋漓，如烟花，如星辰，璀璨夺目，将永不忘怀。

（三）

除夕的夜，最值得期待。

小村庄里，家家户户都挂着红灯笼，还有一些小彩灯装饰在窗框上，从远处看，仿佛星空被搬到了人间，处处都亮晶晶，一直蜿蜒而上。远处的灯火似乎与夜空相接，灯光与星光交相辉映。一时间，浩瀚星辰中有灯火阑珊，人间烟火中也有璀璨光芒。

向上看，漫天的繁星闪烁；向下看，满村的人间烟火；中间是我和弟弟，手里拎着用玻璃罐头瓶做的蜡烛灯笼，一晃一晃，照亮前行的路，一步一步，每一步都充满希望。

灯笼是自己做的，罐头瓶的瓶口很宽，可以将切成圆墩子似的土豆或萝卜放进去，那土豆中间挖个与蜡烛同样大小的小洞，插进去，很稳固，点燃之后，玻璃灯笼就做好了。瓶口绑上麻绳，上面用一根木棍支着，提在手里，合适极了。

我们穿着厚厚的棉衣，手里提着玻璃灯笼，从村庄的这头走到那头。路上也会碰到许多如我们一般的孩子，他们也提着灯笼。我们彼此相遇，又彼此分离，越来越远，回头再看，那黑暗中的烛光却一直还在。

玩够了，觉得冷了，就回老屋暖和一下。咬一口母亲已经化好的冻梨，甘甜的汁水充盈了满口。爷爷在炕上看书，奶奶坐在一旁织毛衣，父亲和叔叔们在打麻将，婶子和母亲在闲话家常，较小的弟弟还不觉得累，嚷着拽着我赶紧吃，还想提着灯笼出去玩。除夕的夜，一切都是热闹的，我们彼此陪伴，一起等着看春晚，一起守岁，并且期盼着年年岁岁，都是如此。

有一年除夕，我在先生家过年，华灯初上后，便再也忍不住，想要出去放烟花。点燃之后，看着绚丽夺目的烟火，这一时的情景，仿佛与童年时重叠。不一样的烟花，同样的人，却有了不同的心情。

长大后，我终于明白，除夕，守岁，年年如此。相守，就是快乐，如果从来不会忘记，也就永远都不会分离。从前的人一直都在，在我心底，一直未曾离开。

童年趣事

（一）做冰灯

儿时，在我与院子里的小花和小草交流时，弟弟还在母亲的怀抱里撒娇。他那时矮矮小小，胖胖墩墩，最是可爱。令我记忆深刻的，就是弟弟那双深黑色的眼睛，像是能看懂我内心的独白似的，每次都笑。他一笑，我也欢喜，便跟着一起笑。

上小学时，我便离开爷爷奶奶家，回到了父母身边。那时我还是很顽皮，和弟弟常常放学不回家，去别人家里玩耍。过了时间，母亲自然着急，可偏偏那时弟弟就要把我推出来，投入母亲的怀抱，吧嗒吧嗒开始掉眼泪。

真没义气!

可下次出去玩了，偏偏还要拽着弟弟，可见孩子的记忆是很短的。

冬天好玩儿的东西特别多，当寒冬腊月来临时，天降大雪。有时雪下的很多，到了第二日清晨，白雪堆积在门口，连门都打不开了。

我和弟弟早早地起床，穿好衣服站在阳台上，看着被厚雪覆盖的村庄，一下子就兴奋了！我跟他说，咱们做冰灯吧！埋在雪里，晚上点着蜡烛，再挖个雪房子，咱俩在里面住！

弟弟比我小，自然比我还幼稚，一双深黑色的眼眸登时燃起一丝亮光，在晨曦的光晕下熠熠生辉。

北方的冬天有多冷？拿着水杯向室外泼点水，那水珠子立刻都能结冰。而那年雪下的格外多，也格外冷。我和弟弟偷偷拿了厨房里的盆，又把洗脸盆拿了出来，接了凉水端到室外，算好了时间，一分钟也不能长，刚好三十分钟。这个时候盆里的水还没冻透，把盆翻过来扣在地上，就会形成一个圆的柱状的冰坨子。

这时弟弟就会拿个小铁棍将最上面的冰敲出个窟窿，我俩再合力将里面的水倒出去，冰灯的雏形就出来了！

接下来，我们在院子里选地方，选一处我喜欢的，同时弟弟也喜欢的地方作为基地，开始做雪房子！

所谓的雪房子，不过是找一个雪堆积的相对来说比较高，雪面比较坚实的地方，然后侧向挖个洞。到了晚上，北风停了，村庄又恢复了往日的平静。我与弟弟兴冲冲地将冰灯点燃，烛火摇曳了几下后就稳定了。本就晶莹剔透的冰灯在烛火的映衬下变得更加赏心悦目，像一朵被皑皑白雪拖起的水晶莲花，又像夜空中璀璨的星星，还像刚出浴的美人，在月色的映射下，散发着羞涩而又温暖的光。

我与弟弟并排坐在雪屋里，小小的肩膀靠在一起，激动又自豪。这是独属于北方小镇孩子的趣事，与白雪和冰灯为伴，与快乐和富足为友。

（二）去探险

作为女孩子，我儿时着实顽皮了些，弟弟反而很乖巧，也很听话。有时待在家里无聊了，就变着法子哄弟弟陪我。我给弟弟编故事，经常编一些新奇的事儿，仿佛那一次次没做过的事儿都像是探险一般。

他很可爱，脸上还有些婴儿肥，每次喝水都鼓着小脸，像个小包子。偏偏这时我是忍不了的，须得马上伸出手往他脸上戳，“扑哧”一下，弟弟嘴里的水就喷出来了，像个小喷水枪。我与弟弟相互一看，都从对方的眼睛里瞧出了一丝兴奋。他心照不宣的又仰头喝了一大口水，这一回小脸更加圆滚滚了。弟弟迈着小短腿朝我靠近了两步，小胖脸明显偏到我身旁，示意我伸手去戳，我如法炮制，这一回水喷得更远了！我与弟弟抱在一起大笑，足足又玩儿了好久。

晴天时，我们坐在阳台的石阶上，双手托着腮，我给他讲从前探险的故事。弟弟听得很专心，一双深黑色的眼睛睁得大大的，好像星星，明亮而充满期待。见弟弟如此憧憬，我也免不了再带他去探险。

比如，折纸去捉蜜蜂，在草丛里抓蚂蚱，爬树摘果子。比如，去距离奶奶家后院不远处的黑屋子，去麦田里摘还没熟的麦穗回来烤着吃。而最令人期待的探险则是去三叔的地里看瓜。

我现在还记得那条走过无数遍的乡间小路。去瓜地的路很长，需要穿过两排杨树林，跨过一条小河，翻过一个不算高的小山坡，再走过一片稻田就是了。用木头和茅草搭成的瓜棚，就像童话世界里的城堡，瓜棚旁有几株蔷薇，彼时正盛放着，颇有朝瓜棚顶上爬的趋势。

弟弟瞧见了绿色的瓜地，红色的蔷薇，还有木头瓜棚，高兴地跳起来。我和他钻进瓜棚，坐在木头板子搭成的床上，看着外面远的看不到尽头的瓜地，闻着蔷薇花的芬芳，觉得这一次的探险真的棒极了。

渴了就喝一碗母亲调制的糖醋水，饿了就去瓜地里摘一个香瓜，我俩并排趴在茅草里，看着远方。

不一会儿，弟弟问：“姐姐，三叔种的香瓜为啥那么好吃？”

我学着爷爷的话回答他：“饿了，就好吃。”

弟弟又问：“那是为什么？”

我笑着说：“等你长大了，就知道了。”

（三）打冰嘎

当窗角爬上苍凉的白霜，室外温度达到零下三十多度时，便可以在结了冰的小河上打冰嘎了。

童年时冬天可玩儿的东西极少，我怕冷，就躲在暖和的屋子里看电视。而弟弟却很忙，开门，关门，跑来跑去。我很好奇，抓住弟弟的小胖手，就看到了他手里刚做好的小鞭子和冰嘎。当年做小鞭子的材料是从哪里找的，我并不记得了，但是冰嘎我却记得很清楚。冰嘎分两种，一种是木头做的，像个矮矮墩墩的圆锥，顶端有一圈凹痕，那是方便缠皮鞭的地方。还有一种是用小钢管做的，中间打进去一颗钢制的圆珠。钢管做的冰嘎比木质的冰嘎更有力量，一旦跟别人的冰嘎撞在一起，也不会被弹走。

弟弟满脸的焦急，似乎怕我抢他的小皮鞭和冰嘎，所以我断定，这一定很好玩，于是让他也帮我准备了一套装备。做好后，我俩便穿着厚厚的衣服，手牵手，肩并肩，一人拿一根小皮鞭，朝着离家不远的小冰湖走去。

那冰湖冻得结实，但我和弟弟还是小心翼翼地踩了踩，觉得安全才走下去。看得出来，弟弟打冰嘎技术很好，那小小的冰嘎被皮鞭缠了一圈又一圈，然后对着冰面快速一放，那冰嘎就开始旋转起来了，随着弟弟用小皮鞭打冰嘎的力度和速度加快，那冰嘎就在冰面上肆无忌惮地旋转了起来，仿佛有了生命一般，在冰面上跳舞。

起先，我的冰嘎在冰面上旋转了不到一分钟，就停止不动了，倒在那里，一点都不精神，一副很颓败的样子。学了小半天后，我终于领会了打冰嘎的技巧，那需要手腕把力量掌控得很灵活，打冰嘎时的力度也需要掌控，要顺着冰嘎旋转的方向慢慢适应，不能着急，要持久，要沉稳。学会之后，那个冬天，只要一有空闲，我就和弟弟去玩，乐此不疲，非常开怀。

村庄的老人们

（一）独居老人

冬日的夜是漫长的，独居老人的冬夜是难熬的。

每当日落西斜，独居的王奶奶便耸着肩，佝偻着身子，借着昏暗的灯光出去拿柴火。寒夜降临，她需要把火炕烧得烫烫的，不然根本熬不过这零下四十度的冬夜。

她的一双手已经布满了老年斑，还有纵横交错的皱纹，只是拿柴火的工夫，她的手指已经冻僵了，每呼吸一次，寒冷的空气就顺着鼻孔一直向下蔓延，一直凉到胃里。

她烧好了火炕后，赶紧钻进被窝里。紧贴着火炕的一面是发烫的，而露在外面的脸还是冰冷的。真是冰火两重天啊！

王奶奶独居将近二十年了，老伴儿在她五十岁的时候去了，从那以后她就一个人住。儿女在外地打工，一年里，只有在过年的时候才能回来。

所以过了腊八，她的日子就更有盼头了！儿子和女儿会带着孙子孙女回来。一年到头，终于又盼到过年了。

她的脸上堆着笑，心满意足地关了灯，睡着了。

可是人老了，身体机能大不如从前了，睡眠质量也不行了。

凌晨四点王奶奶就再也睡不着了，如果是夏天，她还能立刻起来去园子里除草施肥。可这寒冷的冬天，她只能蜷缩在被窝里，睁着眼睛到天亮。

这个时候火炕已经不烫了，余温还能再坚持到天亮。她往被子里缩了缩，将冰凉的脸伸进被窝里。她的动作不能太大，只要被子稍微露出一个缝，冰凉的小风就会钻进去。

她躺在炕上想，总算又过了一天，距离孩子们回来的时间又近了。

她闭上眼睛想象着从前的除夕。家里需要供老祖宗，她总是最先起来，把已经熄灭的炉子点着。然后炸丸子、炸粉条、炸鱼……等上供的供品做好后。老头子就会把老祖宗请出来，挂在墙上。挂上之后，他转头对她说，老伴儿，叫孩子们起床。屋子里有小孩子的嬉闹声，才算过年嘛……

公鸡破晓的声音传来，王奶奶一下子醒过来了。已经多久没有梦到他了？她已经不记得了。

良久，她才幽幽叹了一口气，嘴角却微微上扬。她说，老头子，放心吧，过年孩子们就回来了，我一个人，挺好。

零下四十度的冬夜是难熬的，可对于王奶奶来说，熬过了，就是团聚，再寒冷的夜，也就不难熬了。

（二）老人们的午后

春节过后不久，和煦的春风便如期而至，万物复苏，又到了生机盎然的时节。

村里姜奶奶家院前有一棵参天的老杨树，春末夏初的时候，枝繁叶茂，像一把巨大的绿叶伞撑着碧蓝的天空，阻挡住午后的炎热。姜奶奶很爱干净，院子里一片杂草或落叶都没有，门前的石桌上也是日日掸水，用鸡毛掸子拂掉落灰。这一日，她刚擦完石凳，就听到不远处传来的声音，打破了这午后的寂静。

她们都是在家里没事做的老人，孙子孙女都上学了，儿女也在外打工，或者在地里务农，在家里帮不上手时，她们就吃过午饭，出来聚一下。说一会儿话，打一会儿牌，消磨一下时间。

老人们喜欢谈子女，在她们眼里，自己家的孩子是最好的。姜奶奶说大儿子在外做生意赚大钱了，刚给家里添了个冰柜，以后夏天都来我这吃冰棍吧；李奶奶说小女儿找了个对象，处成了年底就能结婚了，她一出嫁，自己就再没别的心思了；赵奶奶说她家小孙子学习可好了，在城里的学校排名第一呢，我们老赵家的祖坟算是冒了青烟了……老人们你一言我一语，都在分享着自己家的喜事儿，一到这个时候，平时那些难熬的时间就变得格外快，不一会儿几个小时就过去了。

老人们之间的话题有很多，每次见面说的话题都不重复，每天都有那么多的新鲜事可以聊。也不知是不是在家里没人分享，没人说话，一到了同龄人那里，就把积攒了一日的话全都说了出来。她们每一个人的脸上都是充满笑容的，那笑容，慈祥而又充满了快乐。

那棵老杨树见证了这一次又一次的相聚，碧云天，绿草茵茵，处处都是生机盎然的样子，就连那树下石桌前的老人都充满了活力，仿佛回到了年轻的时候。

（三）暮年的世界

你知道冬天凌晨的四点钟，天有多黑吗？你又见过夏日里凌晨三点钟天刚擦亮的样子吗？当你一个人独自在凌晨醒来，就再也睡不着时，你会感到孤独吗？

当一个人在凌晨再也睡不着时，她就进入了暮年。老人的睡眠时间都很短，无论多早入睡，一到凌晨三四点，就再也睡不着了。村里的老人们每天都会面对这个问题，夏天她们可以早早地起床，去菜园子里干活，可是寒冷的冬天，她们只能一动不动地躺在已经不太热的炕上，缩在被窝里，一点一点熬着，等着天亮。

她们在想什么呢？时间为什么过得那么慢呢？哦，不对，时间过得很快，好像弹指一挥间，她们就从年轻的姑娘变成暮年的老人了，还没有好好感受生活，就被生活中琐碎的事情追着赶着成了老人。

成了老人之后，心里会发生什么变化呢？看着孩子们一天一天长大，与自己说的话越来越少，来来去去也就那么几句，孩子们谈的事情她们听不懂，她们说的琐事孩子们似乎也不愿意听，只能一次又一次地看着孩子们手里的手机发呆。相聚之后，儿女都回了各自的家，热闹没了，老屋只留下她们自己。这个时候她们才知道，原来陪伴她们最久的，只有自己。于是躺在炕上，盯着天花板，在寂静的夜里慢慢入睡。心里还想着：现在的我做些什么，才能帮到孩子呢？

长大后，我见过太多的独居老人，她们只身一人走在乡间的小路上，走得很慢很慢，可是他们的步子很稳，也很坚定。她们不知道这一条路可以走到何时，唯一知道的就是，要一直走，一直向前，踏着黎明的曙光，迎接新的一天。

爷爷

（一）

在我的记忆里，家里的冬天都是温暖的、热闹的，可是我十岁那年的冬天却是凄凉的、冰冷的。

不知从什么时候开始，爷爷的身体变得越来越差。我记得他那时总是咳嗽，吃了药也不见好。亲戚来看他，给他买了梨，他吃了几口就不吃了，放在那。见我来了，想要跟我说几句话，可再没有精力说那么多。

我记得，当时爷爷的头发已经花白，原本很饱满的国字脸瘦得不行，脸色蜡黄蜡黄的，整个人也没有精气神儿，他应该很难受，时不时地咳嗽几下。可看见我时，眼睛却是发亮的，眸子里也透着浓浓的爱意，他动了动嘴唇，开口跟我说了几句话。

爷爷说，孩子，你要好好念书。

我那时只有十岁，不明白，问他为什么？

爷爷笑了笑说，等你长大就知道了……

为什么长大就知道了？长大了又有什么好呢？我现在已经长到十岁了，已经长大了，可是我还是什么都不知道。我不知道三叔种的苞米为啥那么好吃，也不知道为什么院子里的沙果树不结果子了，更不知道好好念书要做什么。

我只记得，我小时候爷爷的身体还是健康的，精神还是抖擞的。那时他一下子就能把我抱起来塞进竹筐里，然后嘴里念着诗，一下子就把自行车骑得很远。我坐在竹筐里，透过它的缝隙看着茫茫一片的庄稼地。路很长，我知道，爷爷的一筐香瓜卖完了，要去地里再摘一筐。

那时天很蓝，庄稼地里有一股子超清新的味儿。我的手里握着爷爷拿香瓜换来的红果子，咬一口满嘴都是甜味儿。我衣服的口袋里还有一块大白兔奶糖，那是爷爷独独给我的。我就这么喜滋滋地、理直气壮地坐在竹筐里，什么都不用怕，因为爷爷在骑车！他的声音浑厚而有力量，仔细一听，又是那句“少小离家老大回……”

（二）

爷爷离开的那天，我正和几个小伙伴在邻居家看电视，看的是六小龄童主演的电视剧《西游记》。弟弟叫我出去的时候我还挺不情愿，心想还没看完呢！到了外面，弟弟告诉我说，爷爷走了，爸让你赶紧回家。

我跟着弟弟走在路上，那是去爷爷奶奶家的路。秋风瑟瑟，还有些冷，我心想，爷爷走了？走去哪了？走丢了？那就把他找回来呗！

后来，妈妈给我和弟弟都穿上了白色的麻衣，腰上也绑着白色的腰带。不仅我和弟弟如此，家里所有人都这样。小院的大门上，篱笆上，只要是我能看到的地方，全都用白色的布绑了起来。

我跪在灵堂前，弟弟和叔叔家的堂弟也跪在一旁。周围都是哭声，尤其是堂弟，哭声特别大，他们都很伤心，要用哭来表达对爷爷的不舍。

爷爷就躺在我的面前，就在我一伸手就能够到的地方。他双眼紧闭，安详地躺在那儿，一动也不动。

从始至终，我都没有哭，也没流一滴眼泪，那时的我太小了，还不知道死意味着什么，也并不明白什么叫死别。周围也不知是谁，说爷爷生前最疼你，你怎么一滴眼泪都没有啊！我依旧没有哭，也没有流眼泪，就那么低着头，没有人知道我在想什么。

也许是我生来反射弧就长，葬礼结束之后，我依旧像以前一样，上学念书，放学写作业，一样的和伙伴们出去玩儿。

等到过年的时候，年夜饭做好了，我去厨房把爷爷的专用碗筷拿了出来，每年这都是由我做的。爷爷信佛，逢初一十五从来不沾荤腥，所以年夜饭那一顿，爷爷就会用自己的碗筷。

我拿出爷爷的碗筷，用清水细细洗净了，然后拿出去想要摆在桌子上。可是刚走到客厅，我僵住了脚步。那个时刻我突然意识到，爷爷已经走了，他再也不会回来了。意识到这一点的时候，我的眼泪再也止不住地流了出来。我怕人看见，偷偷跑到外面去哭。

我跑到三叔之前存放苞米的院子里，蹲在地上放声地哭了出来。我闭上眼睛数数，像从前的无数次那样。想着从一数到十，然后再从一数到十，数到第三遍的时候，爷爷就会找到我。他会一下子把我抱起来，帮我洗过脸洗过手后，就拿出我最喜欢的苞米。接着会牵着我的手去小院后面的庄稼地，告诉我，这是小麦，这是苞米，这是高粱，这不是韭菜，是水稻……

爷爷永远不会来了，就算我在雪地里蹲上一夜，他也不会再回来了，爷爷永远地离开了我。从此夏天再没有竹筐，秋天再没有苞米，冬天也再也没有那副特殊的碗筷了。

（三）

很长一段时间里，我都不能够准确地描述出十岁那年的心情，为什么在爷爷的葬礼上我一滴眼泪都没有流。直到现在我才真正能够表达清楚。眼泪，并不是唯一一种表达伤心的方法，脸上没有泪，可是心却在流血。那是我最亲最爱最敬的爷爷，几乎整个孩提时代，他都一直陪伴着我，他教会我冬天不仅仅是冰冷的、离别的，还是温暖的、团聚的。他教会我念书，不仅仅是为了物质生活，还是为了丰富自己的灵魂。他说，当有一天，你能真正理解“长大”这两个字的意思时，就会知道，当责任和重担压在你身上时，你要做的不是逃避，而是承担。

直到现在，我才知道，当年我没有哭，不是因为不伤心。而是因为，哭，代表哀痛爷爷的离去，可是不哭，就代表着爷爷一直没走，也许在我的潜意识里，爷爷一直还在，在我无数个午夜梦回时，在我无数次的思念里，他虽然早已离我而去，可灵魂却一直为我领路。

就像小时候，爷爷把我装进竹筐里，载着我穿过茫茫原野，走过岁月的长河。他教会我坚强勇敢，教会我提笔写信。我可以用文字将回忆记录下来，一直到很久很久以后。

我知道，我会像一只自由的小鸟，带着爷爷的嘱托，活出自己的模样。等归来时，仍旧是年少的模样！

陪伴是一生的幸福

（一）

冬夜不冷，因为有你。

黑龙江东部的一座小城，每当冬夜来临，就格外寂静。离小城不远的村落里，一到下雪天，好像一下子就变成了银妆素裹的童话世界。

厚厚的积雪覆盖住整个村落，冬夜来临，家家户户亮起的灯光就会连成一片。从远处看去，就像是繁星点缀着的银河，映着皑皑白雪，灼灼其华，到处都是人间烟火气。

爷爷走后，我就和奶奶住在村里的老屋里。

老屋前院是一大片菜园，方方正正，一到夏天，那里就成了奶奶的战场！经过她打理的菜园很干净，各种新鲜的蔬菜都在阳光下摇曳生姿，好像一切都变得鲜活了起来。

有好几次我都问奶奶，为啥你种的菜那么好吃呢？

这时候奶奶都会满眼笑意地瞧着菜园子，说，你爷爷留下的园子，那里有他的心血，有了亲情，所以格外好吃。

那时我还小，不懂，我只知道，吃光园子里的菜，等到夏天过去，到了冬天，爸妈就会回来。

爸妈在我五岁的时候就出去打工了，老屋里就只有我和奶奶。她怕我无聊，夏天去园子里除草时就把我带着，她戴个大帽子，我戴着小帽子，她除草，我也除草。但我哪里会呢？就只是捣乱来的。一会儿拔掉了辣椒苗，一会儿又挖掉了小白菜。

虽然我是个捣乱分子，但奶奶好像很开心，她手上的动作很利落，完成一垄地，就回头看一下我，我看到奶奶的脸上是笑盈盈的。

冬天实在太冷了，都把地给冻裂了。零下四十度的冬夜里，是绝不能外出的，会冻掉下巴！奶奶就在烧得烫烫的炕上教我写繁体字，教我念诗，还教我绣花……

奶奶和我都很高兴，她说，过了腊八，就要过年了，过年了，你爸妈就回来了。

我兴奋地跳了起来，却发觉被窝外面太冷了，于是又哆哆嗦嗦地缩回被窝来。说，叔叔婶婶也回来了，姑姑姑父也回来了！

奶奶笑着眯起了双眼，用针划划脑袋，继续帮我补漏了洞的袜子。

火炕被奶奶烧得滚烫，贴着火炕的一面好像能把我烙熟了，而露在外面的脑袋却冷得要命。

这个时候奶奶就会把我抱在怀里，她一边给我唱着歌，一面哄着我。她的怀抱可真温暖啊！让我一下子就进入了梦乡。

模糊中我似乎听见奶奶在喃喃自语，她说，有你陪着，这漫长的冬夜也就不难熬了……

我当时太困了，不然我一定爬起来亲奶奶一口，并且告诉她，其实我很喜欢你，我要一辈子都陪你，我们一起除草、一起写字、一起吃饭……

上学前的那段时光，是我和奶奶彼此陪伴的时光。她用实际行动告诉我，我们一直追寻的幸福其实很简单，就在伸手能够得着的地方。

幸福是奶奶单独给我种的甜秆，是她包的韭菜馅饺子和炸萝卜丝丸子，是她教我写的一个个繁体字，是她一针一线缝制出来的衣服……

陪伴才是最长情的，是永恒的幸福。

（二）

最长情的告白。

也不知从什么时候起，母亲联系我的频率愈发多了。却不是用电话，而是用微信。每次与母亲通电话，五分钟的通话时间也有停顿的时刻，她不知道该说什么，我又很忙，急忙就结束了通话。而微信则不同，微信上母亲的话一下子多了起来，有时说些重要的事，有时闲话一下家常，再简单点，她有什么好玩的表情也发给我。很琐碎，很平常，有时仅仅是一句问候，可每天都坚持联系我。

我发现，这几年里，母亲对我的眷恋越来越深厚，每时每刻都想要关心我的状况。生活、工作，事无巨细，吃了什么、做了什么，很细碎的琐事她也很关心。有时我忙，忽略了她的信息，她便不会再发，过了几日，又开始给我发微信。听弟弟说，母亲一见我没回，就有些担心耽误我的工作，打扰我的生活，心里想着一周发一次信息，可过了几日又控制不住对我的思念。

远嫁的女儿对于母亲来说，思念很远，隔着千山万水。一年只见一次，一次也只有短短数日。光阴飞逝，转眼间，母亲鬓角的白发又生出许多。她怕我看到了心疼，每次我回家前，都去将白发染黑。

她帮助父亲打理火锅店的生意，背井离乡，子女都不在身边。我担心她的身体，总问她累不累，她每次都笑着说："妈不累，妈还能干。"

我有一个坚强的母亲，她是我最崇拜的女性。我学会的第一个英文单词是她教的，在我心情低落时，她会第一时间安慰我、鼓励我。她在最美的年华里，选择赐予我和弟弟生命，在迟暮之年依旧创业、奋斗。她就是我心目中的女神。

我有一个善良的母亲，她是我最好的朋友。她用实际行动教会我，身为女子该有的温婉贤淑，要善良地对待身边的每一个人，孝顺老人，与亲人和睦相处。母亲的眼睛越来越美丽，眸光里透着温暖而柔和的光，那是经历过后的淡然。她心态平和，在她眼中，所有的问题都有解决的办法。

我的母亲是一个美人，岁月请你善待她，让时光慢些走，再慢一些。

陪伴，是最长情的告白。有一年她来大连看我，她在厨房做饭，我帮她切菜，她心疼我，硬是不让我动手。我只好拿来一本书看，她在做菜的间隙与我说话。菜，是我最爱吃的家常菜，话，是母亲这段时间的见闻。

时光仿佛在这一刻停止，我合上手中的书，抬头看着母亲，她的身影被柔和的光线笼罩着，正在很认真地煲汤，嘴角挂着笑，时不时侧头看我一眼。从她的眸光中，我看到了爱。

母亲爱我，像阳光，像星辉，不管白昼还是黑夜，爱，一直都在。

我也爱她，很爱，很爱。

奶奶的思念

思念是什么呢？我从前并不知道，也从未真正地理解。而爷爷走后，我知道了，思念是过年时那双特殊的碗筷，是夏日里载着我穿过茫茫原野的竹筐，也是那一小段味道醇厚的哈尔滨红肠。而和奶奶生活在一起的时候，我知道了，她的思念是无声的，但却是最有力量的。

自从爷爷走后，奶奶就独自生活在老房子里。一个人砍柴，一个人做菜，一个人吃饭。由于年纪大的关系，往往早上四点醒过来，就再也睡不着了。还好，老房子的前院是一块菜地，春天的时候播种，夏天的时候除草、上肥。凌晨四点以后的时光，倒也不难熬。

奶奶的菜园子里种着豆角、萝卜、辣椒、韭菜、豌豆……还有很多很多种菜我都不记得了。但每年奶奶都会种甜秆，因为那是我最爱吃的。

每年暑假的时候，我都会回去陪奶奶，就像小时候奶奶陪我一样。她给我洗菜做饭，我帮她收拾碗筷。当然，奶奶最常做的就是韭菜鸡蛋馅的饺子和萝卜丝炸丸子。

奶奶很喜欢给我讲故事，空闲的时候，我就像小时候一样，央求着她给我讲。她会一边织毛衣，一边给我讲小时候的故事，许多童年的事情我或许都不记得了，可是奶奶却记得。

到了晚上，夜幕降临，天空的星星都出来了。我和奶奶坐在院子里的躺椅上，仰着头看着璀璨的星子。星星可真亮啊，一闪一闪的。这个时候奶奶也在看星星，但看着看着，她的眼睛就有些湿润了。

我知道，奶奶在思念爷爷。

在我还是小孩子的时候，爷爷就会抱着小小的我坐在院子里，奶奶在一旁切西瓜。那是三叔种的，西瓜又大又红，可甜了。那个时候爷爷在喂我吃完后，会亲自切一块递给奶奶，说，能一起吃西瓜，看星星，真好。

仲夏夜的夜晚是美好的。星星是亮的，天空是黑的，奶奶的笑是慈祥的。

在奶奶不说话时，我就会跑过去，蹲下来看着她，然后很认真地问，在想什么呢？

奶奶这时就会笑着看着我，说，没想什么。

每一次都如此。

怎么会没想什么呢？在一个人不说话，只是静静地看着夜空时，真的什么都不会想吗？奶奶一个人的时候都在想什么呢？早上三四点醒过来的时候又在想什么呢？有一次我不知怎么，一下子就醒了，我发现奶奶没有在炕上。找了一圈后，发现她坐在院子里看着已经蒙蒙亮的天空。走得近了，我听见奶奶在自言自语，她说："天亮了，星星就没了，老头子，真想去那边陪你啊……"

我站在不远处，突然控制不住地哭了出来。

在我离家上学的时候，奶奶一个人守着老房子，这么多年，有无数个再也睡不着的清晨，她都一个人默默地守着。没有人跟她讲话，也没有人追着问她在想什么，那个时候，她都在做什么呢？

这么多年一个人的生活，她又是怎么熬过来的呢？

突然想起从前奶奶给我讲的故事。那个时候奶奶和太姥姥一家一起从辽宁逃荒来到黑龙江，那边的地不够耕，粮食不够吃。听说这边土地产粮多，能吃饱，就过来了。奶奶经人介绍嫁给了我爷爷。当时爷爷是城里的小学老师，她担心学校里女老师太多，不放心，所以要偷偷跟在爷爷后面去学校看一眼，只要看一眼，她就放心了。

我努力地想象着当时的情景，一个瘦瘦小小的身影悄悄跟在爷爷身后，她要很小心，不可以让爷爷知道。在这个地方，奶奶一个人都不认识，爷爷是她最亲近的人，也是最爱的人，她当时的心情应该是忐忑的，同时也是兴奋的。

爷爷走后，有一天清晨，奶奶突然走到了爷爷以前教书的学校去，一间教室一间教室地找，最后终于找到了爷爷当年教书的教室。教室的门没关，奶奶就坐在学生的椅子上，像一名学生一样看着黑板。

她静静地看着前方，好像当年爷爷在讲台讲课一样，朗朗读书声慢慢传到她的耳畔，一声一声敲在她的心田，那是久违的熟悉感，当中夹杂着无限的回忆。

我看到，她的脸上露出无比满足的笑容。

奶奶跟我说，她很想和其他学生一样，坐在教室里听爷爷讲课。她跟着爷爷来学校那么多次，一次都没听过爷爷讲课，就只能远远地看着。她站得很远，说是怕别人看见了给爷爷丢脸。

现在她想要认认真真地听一次，可是却再也不能够听到了。

奶奶在思念着爷爷，在我们不知道的时光里，她不止一次地想着过去的事情。想象着自己能够坐在爷爷的自行车后座上，穿过一大片杨树林，到镇上的学校，然后替爷爷擦擦汗，笑着跟他说："早点回来。"

思念是一种很奇妙的感觉，它可以支撑着奶奶熬过漫漫长夜。而过去的一点一滴也汇聚成了无数的回忆，在记忆的深处发着热，然后凝结成爱和力量，让奶奶不那么孤单，不那么空虚。

我很心疼奶奶，在大连定居后，好几次想要把奶奶接过来一起住，哪怕只是住一段时间。奶奶来是来了，但只住了五天，她给我包了韭菜馅的饺子，做了萝卜丝炸丸子，然后就走了。她要回家，守着老房子和菜园子。

奶奶说，人总是孤独的，人生的路终究要自己走下去。而思念和爱会让这条路好走些。

对于我来说，思念就是奶奶院子里的韭菜，割了一茬很快就又长出来一茬，我会有吃不完的韭菜馅饺子。对于奶奶来说，思念，就是和爷爷一起住过的房子，一起收拾过的菜园子，还有那条长长的乡间小路。

乡间的小路很长，微风吹着杨树，带来清新的空气，通向奶奶对爷爷的思念，永远都不会停止。

从来都没有被遗忘，所以也不会觉得孤单。

我仿佛又看到，奶奶的眼睛是笑盈盈的。

时光深处的感情

眼前的老人已经是九十八岁的高龄，她是奶奶的姑姑，一生未嫁，无牵无挂。临终陪在她身边的，就只有奶奶和我。

她的意识已经开始模糊，我与奶奶蹲在床头握着她的手，也不知怎么，她的手突然紧了一下，然后双眸里似乎映着星辉，燃起一丝光亮，口中嗫嚅着，仔细一听，却是："绍辉，你终于来接我了……"

刹那间，我仿佛感觉到，眼前的太姑姥一下子变年轻了，眸光里流转的是年少的痴情。

奶奶跟我讲过关于太姑姥淑兰年轻时的故事，那是八十年前的事了。

第一次见到绍辉时，淑兰只有十八岁。那是个战火连天的年代，村里的年轻人被抽调出来给民兵送物资，而她，第一次去送物资，就遇到了两个土匪。

这两个土匪应该是跟大部队走散了，东西不够吃，一见到淑兰手里拿着物资，眼睛都在冒光。他们手里有枪，她不敢妄动，吓得腿有些发抖，牙齿都在打战。

就在她万念俱灰，觉得自己毫无生还可能的时候，绍辉出现了。他是派来接应的，随机应变能力很强。他把猎枪藏好，从树林里钻出来，嘴里嚷着："怎么还不快走，爹还等着吃饭呢！"

土匪发现了他，立刻拿枪指着，呵斥道："站在那别动！"

绍辉上前一步，故意打翻淑兰身边的篮子，里面的花生和谷子就翻了出来，掉了满地。

几天都没吃饱东西的土匪见到撒在地上的花生，觉得眼前这两个人的威胁也小，就放松了警惕，哄抢着地上的东西。

绍辉趁乱拽着淑兰钻进树林——好在这里树林较多。他们又从小在这里长大，对林子里的路线都熟悉，没一会儿就逃走了。

淑兰记得很清楚，就在她以为自己绝无生还可能的时候，是绍辉冒着生命危险把她救走的。

他拉着她的手穿梭在老家的林子里，风从她耳畔吹过，她觉得很温暖，很踏实，也很安全。

这一次偶然的接触，绍辉的勇敢和坚强深深地打动了淑兰，后来，很自然的，村里的领导便撮合他们两个在一起，四年后，他们决定在冬至这日成婚。

可这一年正好赶上闹饥荒，村里最后一粒谷子也被吃光了。只要是能吃的，哪怕是树皮，草根，甚至是蟑螂和老鼠，都被吃得精光。有些人受不了了，都带着老婆孩子到外地亲戚那里讨口吃的。村里的人也走得差不多了。

绍辉是孤儿，从小就在村子里，是吃百家饭，穿百家衣长大的，谁走，他也不会走。他想尽办法去给村里的人弄一口吃的。有好几次都深入后面那座大山里去找。

这一日，淑兰已经饿得眼冒金星了，她躺在炕上，没有一丝力气。绍辉握紧她的双手，干裂的嘴唇微微一动，说："坚持住，挺过去就好了。

来，这个给你，我已经吃过了，这是留给你的。”

那是一颗干瘪的野果子，只有指甲盖那么大，却是她这辈子吃过最好吃的东西。

到了晚上，绍辉又出去找吃的。没一会儿，淑兰就听见后墙根儿外有急促的马蹄声，紧接着是几声枪响，马蹄声也越来越远。

也不知是谁，在外面大喊了一嗓子：辉子中枪了！快来人啊！

淑兰先是一愣，数秒钟后，她也不知从哪儿来的力气，拼尽全力往门外走。

好不容易走到了村口，她看清了躺在地上的人。踉跄了一下后，她慢慢走到他跟前，试了好几次才碰到他的手。

看到他脸上的血后，淑兰微微皱了皱眉，抬手伸向他的脸，想要把血给擦掉。可是她的手也好几日没有洗了，那脸上的血反而越擦越多，越擦越脏。

她睁大了双眼，看着不断吐出血来的人，想要阻止，却只能眼睁睁地看着那鲜红的血从她的指缝里流出来。

她明明想哭，可是嘴一张却又笑出来，说：“绍辉，别闹了，咱们冬至就可以结婚了，出嫁的红衣裳娘都给做好了，你就这一件白色的衣服了，可不能给染红了。”

整个村子都静悄悄的，一旁的桃树早就干枯了，空气里弥漫着压抑的情绪，似一触碰，就会迸发出来。

淑兰就坐在死去的绍辉身边，整整哭了一夜，嗓子都哭哑了。

她想不通，为什么她的绍辉会中枪呢？

后来她知道，在从山上回来的路上，他被流弹打中，但仍拼尽最后一口气走到村口，想要见上淑兰最后一面。

但绍辉刚到村口就死了，没有留下只言片语。

冬至那天，淑兰穿好了红衣裳，独自在土屋的炕上，好像绍辉还在他身边一样。她说，绍辉，我会好好活着，等你来接我。

在那样一个动荡的年代，村子里的人都忙着生，忙着死，忙着那口吃的。绍辉不像村里的其他年轻人，他们能逃的都逃了，去外地好在会有一口吃的，他记挂着村里的老人，记得他曾经得到的温暖和关心，这份关心，支撑着他。

太姑姥一生未嫁，其实她已经嫁给绍辉了。她死后，我们将她的骨灰带回了老家，和绍辉埋在一起。

我知道，这是太姑姥的遗愿。她爱了他一辈子，从十八岁开始，一直到九十八岁，八十年的光景，那份爱一直都在，从未停歇。

很多爱是不求回报的，就像绍辉拼死为村里留守的老人找吃的，也像淑兰对他的思念，日复一日，岁岁如此，没有终点。

就像春风吹过万里，不问归期。

我知道，她再一次见到绍辉时，还是年少的模样。他不来，她不老，生生不息，连绵不绝。

时光深处的感情，虽然已经尘封在岁月的长河中，但维系在其中的思念和爱，还在继续。

太姑姥给了我爱的力量，还有对待孤独和绝望时的勇气。她教会我，人生除了冰冷和无奈，还有阳光和希望，只要爱还在，思念还在，那么这一辈子也就不孤单。

人生充满了爱和希望，只要用心去感受，生的力量就一直都在。

我的父亲

在我很小的时候，父亲就从事过很多职业。他是瓦匠出身，做过一段时间的瓦匠，就连家里的新房子也是他和三叔一起盖的。小时候很佩服他，竟然建了这么大的独栋砖房，站在阳台上，就可以将城市里的万家灯火尽收眼底。大人们在收拾新房时，我还在院子里捉蜜蜂，捉累了便看着他们忙进忙出的。父亲脸上的胡子蓄得很长，两三日没刮，便足足苍老了许多岁，脸色也被风吹得有些黑，一双眼睛却是发亮的。

父亲看我时，眸光里流转着一丝柔和。可是当时的我还有些小，也太有主意了，觉得他不亲和，脾气也不好，心里想着要躲远一点，省得他觉得我顽皮，要打我一顿。

父亲在二十几岁时也和三叔一样，是种过地的。可是他种地，却和别人不一样，别人除草，都是趁着天刚擦亮开始，等太阳升起来时就回来了。他都是等太阳升起来时才去，顶着个大日头，干了几下就汗流浃背了。也许父亲那时已经知道自己做不了面朝黑土背朝天的活计，便早早放弃了种地，去城里找其他的门路。

他下乡收过粮食，倒腾黄豆和瓜子。后来不收粮食了，开始做生意，他在城里跟了个师傅学打首饰，开了一个首饰加工店，也倒腾黄金，卖点银饰。后来首饰店对门的冷面馆出兑，他当机立断和母亲盘下了，这一干，就是十多年。如今他的生意做得大了，在离家不远的县城开了火锅店，在一双儿女都各自成家时，还在拼搏奋斗，很是励志。

父亲的脾气很不好，从小我和弟弟就是怕他的，也不常和他说话。越长大时，越觉得父亲不那么随和，也不像小时候那般崇拜他了，自己学到的东西越多，就越会有比较，也学会顶嘴了，常常惹他生气。那时年少，只觉得自己是对的，一定要争出个对错，让他承认是自己做得不对。

现在想想，我那时真是聪明得过分了。

在大连工作后，我想要有一个属于自己的家，不再那么漂泊无依。父亲是答应的，也支持我买房，于是在一个秋风飒飒的日子坐了绿皮火车来了大连。我与他在城市里闲逛，去滨海路看海，去星海广场遛弯，我们之间的话很少，我那时一直不理解父亲，我独自一人生活在这座陌生的城市，总觉得他不够关心我，也从未提及在这座城市是否能够生存下去，他似乎觉得我可以应对，已经长大了。

可我又怎么算是长大了呢？虽然毕业三年了，可我依旧没有长大，我还是不能对自己的人生负责，也不愿意去承担生活中的压力。在父亲眼里，我或许是一个年近三十，将到而立之年的大人，可对于我自己来说，一切来得太快了，我还没有准备好，还没有把自己当成一个大人。

我总觉得父亲不理解我，也没有给我过多的关爱，他还常常冷着脸，要对我发火，说一些我不能接受的话。

父亲在大连待了五天就要回去了，他先北上去沈阳，要看看那边的亲戚。临走到火车站时，我像是一个爱唠叨的老妇人嘱托小孩子一样，叮嘱着父亲。上车要小心，在车上照看自己的行李，在车上不要和别人发生口舌之争，出门在外安全最重要。我给父亲买了啤酒和食物，叮嘱他晚上不要吃太多，不然躺着不舒服。到了沈阳小姑姑家要告诉我，自己坐地铁要小心，千万别坐反了。

我对父亲说的话，就像在家时母亲对我说的。也许在我心里，我担心出门较少的父亲，虽然他已经是大人，可我还是担心，害怕他会走丢，怕他在路上碰到坏人。

说着说着，我用余光看到父亲飞快地抹了一下眼睛，我侧头一看，他的眼圈有些红。我怕父亲尴尬，急忙低下了头，再没有去看他。走到车站进站口时，我站在门口，看着父亲提着行李慢慢走进去，他穿着一件深棕色的短袖，后背挺直着，过了安检后，他转过身看着我，对我笑了笑，说："回去吧，到了沈阳告诉你。"

我看着父亲背着行李，看着他的背影混入人群中，然后上了扶梯，很快就再也找不到了。

我的眼睛不知在何时湿润了起来，刚转身，便接到一条信息，我一看，是父亲发来的。他说："姑娘，我这一走，把你一个人扔在大连了，你身边没人照顾，自己长进些。有些事我虽然从不过问，但我一直都知道，你是一个好孩子，能照顾好自己。遇事儿别自己扛着，爸妈都在呢。"

看到父亲写的这几行字，我的眼泪再也忍不住，一发不可收拾地流了出来。父亲从未像这样与我说过话，我也总是误解他不够爱我，我的性子急，也容易多想。这些年父亲一心一意将心思扑到火锅店上。弟弟跟我说，没事儿多跟爸说说话，他一个人在桦南操持火锅店的事，夜里睡不好觉，他很想你。

父亲在知天命之年还在尝试新的生意，加盟了一个火锅店，前期要只身一人前往坐镇，办理开业前夕的事情，投了很多钱，还不知未来如何，那种心情他从未与家人说过，他默默承受这一切的压力。

父亲的爱是默默无闻的，也是伟大的，他用行动教会我，成长是要付出代价的，长大是需要抛弃无谓的童真的。我不能总是躲在自己的世界里，觉得自己还小，就有借口不去努力，不去奋斗，我现在的轻松和快乐，很大程度上都是父亲给的，他不止一次告诉我，放手干吧，爸替你兜着呢。

说这一句话只需要几秒，而将它付诸于实践，却要日日夜夜的不懈努力。

我写这篇文章时，看了一下时间，是晚上十点，这个时间父亲还没下班，他还在店里等着送走今天最后一批食客。我在低头写字时，每每都会觉得温暖，也不觉得辛苦，因为我知道，父亲在用另外一种方式陪着我一起努力。

城市的夜很长，霓虹灯下笼罩着一代人奋斗的身影。夜深，却未人静。如此星辰如此夜，我在灯下写文章，写不动时，便坐在窗前发呆，看着马栏河中波光粼粼，潋滟着星辰般的璀璨，那样柔和，那样动人，就像父亲眼中流转着的光，那是爱，是希望，是对我和弟弟的牵挂。

城市的夜是醉人的，坐在窗前看着万家灯火，想象着另一座城市的父亲，也许此时正走在静谧的街道上。一步一步，每一步都很稳。

那是回家的路，母亲在家里等着他归来。

第三辑　梦想，拼搏的青春

以梦为马，莫负韶华

梦想，就像梵高的《日出》，充满希望，有着无限的可能，向阳而生，永远光明。它像一首诗，写着流年，落笔之后，舒缓了现实的张力。它像一幅油画，颜色一层压着一层，画着时光，每一次笔触都充满力量。时光荏苒，岁月匆匆，总想做些什么来抓住稍纵即逝的青春。也彷徨，也迷茫，有过坎坷，有过低谷。好在，还有一颗赤诚的心，炽热、勇敢、坚持。在前行的时候不必踌躇，只管朝前走，不回头，做一个追梦人。

青春短暂，韶华易逝。日子一天一天过去，还未仔细品味，春和夏已经过去，瑟瑟秋风吹来了秋雨，一片片黄叶飘在空中，落在地上。时间对于我们来说，很宝贵，每一分、每一秒都是宝石，会散发出璀璨的光，照亮你的人生。面对梦想，做一个追梦人，必须分秒必争。

我有一个梦想，那就是有一天，我写的东西会被印在墨香四溢的纸上，然后出版。我不是汉语言文学专业，也没有进修过，就只是凭着对文学的热爱，这些年，一点一点坚持写下来。

这是一条艰难而曲折的路，途中没有捷径，道阻且远，只有靠日复一日的坚持。

有些人的文学之路走得很顺，如耀眼的新星，在夜空熠熠生辉；有些人，天资一般，头脑一般，日以继夜地坚持写着，写废了四五百万字的稿子，还在原地踏步，毫无出头之日。

很显然，我属于后者。

我是一个很笨的人，往往在写东西的时候都会再三斟酌才会下笔。而我又是一个执着的人，曾经被一个杂志毙了五十次稿子，我还毅然决然地坚持写，终于在第五十一次时，那本杂志的编辑被我的毅力征服了。

他跟我说，写东西要有灵性，需要从现实中提炼，真实的、走心的东西才会感动读者。用心写的文字才会有感染力，会触及灵魂深处，感动自己的文字，才有可能让读者落泪。

最后，他还是毙了我的稿子。

但是我没有放弃，在我一遍又一遍地在深夜里改稿子时，我也会崩溃，也会烦躁，甚至写着写着就对着电脑哭。

写作是一场没有硝烟的战斗，是作者一个人的战场。我要面对的是千千万万的读者，要想靠文字征服他们，我必须付出百分之二百的努力！除了坚持和努力，我别无他法。

这些年，失意、迷茫、彷徨，一路上有荆棘、坎坷和低洼。多少次，在深夜，我指挥着脑海里的千军万马，用文字去拼搏，只为了写出一篇感人至深的文稿。我在黑暗中摸索，砥砺前行，内心的信念就是阳光，像一盏灯，指引着我走向远方；手中的笔就是方向，写下的每一个字都像一块砖，铺平我前行的路。

既然选择了写作这条路，再难走，自己选择的路，就算跪着，也要走完！

写作是孤独的，是形单影只，对着窗外的月；写作也是快乐的，为这孤独添上几分色彩。一个人走在山高水远的路上，多少次在黑夜里哭泣，多少次在黎明中奋笔疾书。这条艰难的路，我一直在走，也从未想过放弃。我暗暗为自己鼓劲儿，咬着干巴巴的面包，合着眼泪一起咽下去，然后继续在键盘上敲字。

从来都不放弃，一直坚持着，那是因为我知道，读书和写作是我要坚持一生的事。

小时候爷爷经常对我说，多念书吧，以后你会尝到甜头的！

那时我还小，并不知道长大是什么意思，也不知道念书有什么用。我只知道，每天跟爷爷学写信的时候最开心。他教会我，一封信也是一个故事，故事里有情，有爱，更有一种说不明道不尽的思念在牵绊着。

那之后我就知道，文字还有另外一种功能，那就是表达爱与思念。

我坚持写作的很大一部分原因，是受到了爷爷的鼓舞。爷爷走后的很长一段时间里，我都想把脑海里的点滴回忆变成文字。

人的记忆会越来越模糊，而文字却不会。

写作让我有能力把珍贵的回忆记载下来，那些逝去的亲人，那些灵光一闪的创意，还有脑海里缠绵悱恻的故事……都可以通过写作，永远地留存下来。

就这样，我凭着脑海里的回忆，带着对爷爷的思念与爱，把过去一段珍藏在心底的故事写了下来，反复修改后，我投给了《西部散文选刊》。

用心写的文字里感情必定很真挚，也许是因为这个缘故，我的文章被主编选中，经过一番波折，最终被敲定于 2018 年刊登。

当《西部散文选刊》的主编告诉我，我的作品可以刊登在他们刊物上时，毫不夸张，我的双手都在颤抖，眼泪一下子就流了出来……

我坚持了很久很久的梦想，一直以来都不放弃的梦想，终于可以实现了！

这是第一次自己写的文字被印在纸上，而且还是《西部散文选刊》这种纯文学性的散文刊物，这对我来说，真是一个巨大的鼓舞！

我选择了自己最热爱的事情——写作，我愿意用我的一生去浇灌它，呵护它。

网络上很流行这样一段话：梦想无论怎样模糊，总潜伏在我们心底，使我们的心境永远得不到宁静，直到这些梦想成为事实才止；像种子在地下一样，一定要萌芽滋长，伸出地面来，寻找阳光。

写作这颗种子现在就种在我的心上，我需要细心呵护，妥善收藏，给它阳光和雨露，给它爱和希望。我相信，终有一日，它可以带着自信和力量，在我的心底生根发芽，茁壮成长，迎接生命中的鲜花和掌声。

我知道，未来的路还很长，路上荆棘密布，也许还有许多未知的坎坷。但是，谁怕呢？青春就是这样，要燃烧一切激情去迎接挑战！

愿我们都可以以梦为马，莫负韶华！

等历经沧桑，再归来时，还是年少的模样！

我知道，我会一直坚持，直到永远。

流年弹指间，诗酒趁年华

（一）

六月二十一，夏至。这一天，昼最长，夜最短。

从春分开始，一直到秋分，白昼或与黑夜等长，或昼渐长夜渐短。白昼的时光越长，似乎时间从指尖溜走的速度就越慢。特别是现在，晚上七点半，天还很亮，仿佛这明亮的世界，是偷得浮生之外的良辰美景。这样说，并不是讨厌黑夜。夜有它独特的魅力，神秘、寂静。我只是格外喜欢白昼，热爱光明、自然、热烈，充满希望。

流年飞逝，弹指一挥间，还有几日，今年就要过一半了。朝与暮的时间全部交给了忙碌和奔波，还没来得及停下来好好看看，时光就匆匆而逝。没有徐徐来，只有匆匆去。

上半年，除了春节外，六月是我最忙的时候。六月七日开始的会员日活动，连续几日，都是踏着朝阳出发，披星戴月地回来。幸好先生出差归来，有他去单位接我，免去了我在深夜打车的困扰，使我很心安。

先生最近接了一个大项目，时常出差，加班更是常态。深夜时，偌大的房间里，只有我与先生敲打键盘的声音，噼里啪啦，我在窗前编织梦想，他在不远处努力奋斗。我工作或是写作时，从未觉得累，也未曾孤单。我知，当我伏案写作时，他在另一座城市准备评审，当我值班晚归时，他会如期站在单位门口，接我下班。我的人生没有苦，只有甜，没有负重前行，只有携手相将。

仿佛，这样的日子，一秒都不曾辜负。我们一直走在通往梦想的路上，没有止步，一直在路上。

（二）

近些年，单位效益不好，压力就更大，条条框框的束缚也更多。每逢活动，特别是大型活动，前期需要与供应商沟通活动，确定商品，如果有新品牌入驻，就需要洽谈合同，跟进装修，做新品宣传。还有与后方各个科室的配合，与卖场人员的协调，以及具体到细节的落实。我记得有一年店庆前，我管辖的区域内有三个品牌升级改造，涉及两个楼层，近三百平方米的装修。图纸经提前沟通，确定审核后，敲定日期进场施工，因为临近店庆，怕耽误销售，这一次不可以围挡，要一夜装完，第二天柜台和天棚的灯必须要亮，保证第二天能正常营业。

晚上九点半进场，到第二天早上七点，给我的时间是有限的，可是工作却比想象中要难许多。

天棚很薄，其中一个品牌的工人上去后，不小心在龙骨上踩偏了，一下将天棚踩出了一个大窟窿。看得我心惊胆战，但也很庆幸他没摔伤，天棚的洞补上后，又发现灯具的变压器不合格，连夜联系了当地的一个灯具厂家后，才解决问题。这家品牌的工作稍微有些眉目，另一个品牌的柜子在组装时，竟然发现缺了一块，露出一个很难看的缝隙，好在品牌位置在里面，不影响整体效果，日后补一块再装上就可以。

整整一夜，没有丝毫放松，亲眼看着那片区域由废墟变成光鲜亮丽的柜台。当第二日九点开业时，看着天棚和柜台的灯都亮了起来，我才松了一口气。喝口水，准备回家补觉。这一睡，就是一天一夜。醒来时，先生准备了一碗清汤面，汤是烫的，面是软的。我没有时间感慨，也无须抱怨，既然选择了，就要咬牙坚持下去。新的一天即将到来，当晨曦的光晕洒下，我知道，又该出发了。

工作以来的每一天，我都没有辜负。在其位，谋其事，仰无愧于天，俯不怍于人。做好本职工作，我对得起所有人。

（三）

成年人的世界没有容易，有的只是砥砺前行。我没有背景，唯一能依靠的就是自己，一点一点地坚持，持之以恒地努力，我就是奋斗的源头。

时光一点点流逝，岁月也渐渐沉淀出一个更积极乐观的我。我一直坚信，一分耕耘，一分收获，从未幻想一夜暴富。我知道，路是一步一步走出来的，每个人的生命就那么几十年，长一点，或许可以过百岁。时光就是弹指一挥间，流年短，韶华易逝，所以以梦为马，诗酒趁年华。

六月初因为忙碌会员日的活动，那几日也没时间写作。我不敢熬夜，也从不熬夜。我本身有很重的神经衰弱症，入睡困难，还失眠多梦，如果熬夜，相信用不了多久，身体就会敲警钟。我坚持写作也有十年了，这十年来，还算自律，没有一日是熬夜写文章的，最晚的一次也只是十二点入睡。因为我相信，健康的身体和乐观的心态可以让我的写作之路更顺畅，也会坚持得更持久。

这些天似乎形成了生物钟，清晨五点就醒了。看着早已明亮的天，心情也格外舒畅。是啊，我还是最爱盛夏，这个时节，可以挑战无限的可能。可以起早跑步，可以熬粥做菜，也可以写一篇文章。晨起思考，心境平和，思路也顺畅许多。周围很静，一转头就能看到窗外不远处的绿树，郁郁葱葱，生机盎然。我喜欢写字，最爱将脑海中的故事写出来，无论是开心的、悲伤的、难忘的，都一一记录下来，跃然纸上，形成我无比珍视的无价之宝。

我要一直写作，持之以恒，将其当成我前进的动力。我永远不会放下手中的笔，就像军人不会放下手中的枪，歌手不会放下手里的麦克风。坚持每一天写一点点，日积月累，等到年底，那数字一定很可观，每一个字、每一句话都记录了我这一年的心路历程，风雨兼程，从不停歇。写作是我一生的事业，永不放弃，绝不屈服。

时光很短，眨眨眼，一日便过去了。轮转的时光从不停歇，也不容许我们停在路上。清晨起床，便开始了一日的拼搏，迎着朝阳，涌入人潮，向着梦开始的地方，前行。永远不会觉得孤单，因为身后有家，心中有爱。

人生苦短，韶华易逝，在流年的时光里，我愿一直以笔为友，同书作伴。在滚滚红尘中，找到属于自己的一片天。

流年弹指间，诗酒趁年华。待来日，对一张琴，一壶酒，一溪云。

我有一壶酒，足以慰风尘

（一）

年少时，最爱那句“今宵酒醒何处？杨柳岸晓风残月”。足够文艺，足够萧索，将那颗荒凉苍白的心表达得淋漓尽致。后来喜欢“五花马，千金裘，呼儿将出换美酒，与尔同销万古愁”那种洒脱与豪迈，开怀畅饮，恣意豁达。现在更喜欢“东篱把酒黄昏后，有暗香盈袖”的独酌，静谧，安详，可以“对酒当歌寻思着”，也可以“举杯邀明月，对影成三人”。

少年时饮酒，那必定是热闹的。在丽江古城的酒吧街，随意找一家酒吧，就可以开怀畅饮，不理俗事。耳边是跌宕的音乐，眼前有缭绕的烟雾，不远处是婀娜的美人。后来更喜欢在大阪饮酒，半杯黑糖梅子酒，加几块冰，轻摇一下，玻璃杯与冰块发出悦耳的声音，那是碰撞后的融合，碾碎了纷繁复杂的心事，空留有一腔唏嘘不已。那是平和的心态，是“空山新雨后”的宁静。

我喜欢饮酒，却不是嗜酒。成年以后，也愿意与父亲喝几杯。啤酒，白酒，还有他酿的葡萄酒。后来我觉得啤酒饮多了胀气，胃不舒服，就一度饮白酒。喜欢白酒的香醇，还有柔和的气息，醇厚，带着浓郁而又独特优美的香气。尤其最爱装在瓷瓶里的酒，白瓷瓶与白酒最相配，仿佛散发着淡淡的莹白的光，琼浆玉液，最是醉人。

我生性冷淡，有一种凉薄在其中，话也不多，非常慢热，就算是与家人的交谈也很少。但与父亲饮酒时，却也能聊许多。微醉的时候，头脑还清醒。与我相反，父亲的话很多，也许他是生意人，健谈，没有架子，同任何人都可以相谈甚欢。起初年少时觉得他太不深沉了，后来才明白，这是一种能力，是丰富阅历的沉淀和岁月的积累。我与他开玩笑，大概是他太能说了，把我的那份也一并说了，所以我才沉默寡言，给人一种生人勿扰的高冷感。

其实我只是慢热，相处时间久了，哪里还是高冷？一度变成女神经了！

（二）

在现实中，我少言寡语，可以一日不说话，只给我一本书，一支笔就可以了。而在电脑前，我就又变成了一个唠叨又啰嗦的话匣子，一旦打开，就一发不可收拾。我将要说的话，都一字一句写在了电脑上，每天码字就是我最享受的时光。

从有记忆开始，就每晚做梦，千奇百怪，无所不能。甚至有时梦境都能与现实重叠，或连续几天的梦境，连接起来，便是一个故事。后来，梦中的故事越来越感人，人物形象也更清晰，怕忘了，就简单地记录下来。开始是日记，后来是随笔，一点一滴都记下，藏在心底。

写作时，我喜欢喝一点酒，这可以激发灵感。威士忌很烈，颜色很漂亮，像液体的琥珀。我有几个水晶杯，最配它的颜色。倒一点威士忌，加三块冰，再放几滴柠檬汁。它的味道适合写忧伤的文字，浓烈的液体从口中滑过，有些苦涩，细细品味，还夹杂着一股淡淡的甜。

干红或者干白就与浪漫情怀分不开。瓶塞被打开后，果香就溢了出来，我不懂红酒，只能喝出这款适不适合自己。我认为，适合自己的葡萄酒应该是柔和的、温润的，入口后甘醇，细细品来，舌尖处会有酸涩感，过不了几秒，那一丝丝甜就充盈了满口。Z君来时，我们开了一整瓶红酒来炖雪梨，慵懒的午后，厨房的炖盅在咕嘟咕嘟冒着热气，不多时，满屋子便飘着酒香，真是奢侈。

圣诞夜单位需要值班，要营业到午夜十二点。过了十点，卖场的人就很少了。同事买了一瓶梅子酒，邀我去后方楼梯口喝一杯。深夜，寂静的楼梯口，我俩坐在楼梯上，聊着，喝着，谈活动，谈家庭，聊理想，聊未来。如此良辰如此酒，酸甜可口，回味无穷。真是畅快。

这次去西塘我与先生试了许多种酒，最后买了女儿红、妃子笑和桂花酿。店家酿制的果酒颜色很美，女儿红是酡颜，妃子笑是月白，桂花酿是秋香色。水晶盏，配酡颜最美，看一眼，就惹人无限遐想。我仿佛看到茫茫大漠，枯木老藤旁，站着一位长裙曳地的美人，她嘴唇的颜色，正如这女儿红。她日夜等待，盼君归来时，抚琴添酒，再也不分离。

长长久久的守候，才有深厚绵长的酒香，巷子再深，也挡不住有缘人。

（三）

我有一壶酒，足以慰风尘。

这些年，走过许多城市，喝过许多种酒。

首尔酒店里的烧酒，青州机场的芒果米酒，大阪酒屋的黑糖梅子酒，巴厘岛的海边啤酒，新加坡的威士忌……可最难忘、最留恋的，还是家乡的酒。寒冷的冬夜，零下四十度，温热的酒壶，我与父亲坐在一处，小酌一杯。温热的液体熨帖着冬夜，赶走了寒冷。那一次次微醺，一次次换盏，都是珍藏在记忆深处的，永远不会忘怀的。

我现在还记得，父亲与我饮酒时，双眸中透着慈父的光，温和，有爱。他会跟我讲自己独自在桦南筹备开店的琐事，点点滴滴，一件件，全部讲给我听。他说得云淡风轻，我却从中听出了拼搏、隐忍、孤独和坚持。越长大，对父亲就越敬仰，他用实际行动告诉我，人生还有无限的可能，知天命之年仍可以创业，大有作为，披荆斩棘，做到最好。我二十几岁的人生，还有什么不可能呢？我想要成为怎样的人，期待怎样的世界，只要心定，坚持不懈，又有什么是做不成的呢？

酒是醉人的，深夜饮酒，浅浅一酌，对着电脑前的梦想。我不孤单，也不觉累，这酒给了我勇气和灵感。

多数时候，我喜欢家乡的高粱酒，很普通的白酒，也正因为平凡，才更动人，可亲可怀。

一晌酒，一生梦。追梦的路上，有酒相伴，或大醉，或微醺，或浅酌，潇洒自如，也就可“春风得意马蹄疾，一日看尽长安花”。

梧桐树，三更雨，见字诸君安好

（一）屋舍

新房尚在装修时，我与先生寻了一个临时住处，那间屋舍经历了岁月的洗礼，墙面有些斑驳。我见窗下有一排梧桐树，清雅脱俗，就与东家签了一年的合约。收拾了两日，就搬了进去。

普通的房舍，并没有倾注设计师的心血，院内的一草一木皆是简单明了。也有枯木，攀爬在高高的石墙上。走上石阶时，一侧目，便能瞧见。

值班时，深液归来，先生牵着我的手，一步一步走回建在坡上的家，然后左拐。石墙被一盏橘色的灯光笼着，四周很静，仿佛天地之间只有我与先生两人。头顶有星子和月亮，周围有石墙，枯木和新抽芽的梧桐，点缀着深沉的夜。

我享受独处，喜欢一个人散步。清晨在院落里散步，只有我一人。

春，是有魔力的。再荒芜的地方也会因为春的装扮而变得生机盎然起来。

枯木逢春，被一条细细的藤蔓缠绕起来，那是牵牛花的蔓，攒着花苞，等着绽放。一时间，枯枝也灵动了起来，染上了生机和希望。小院里的柳，梧桐都已露出枝芽，挺拔，俊秀，像极了沉稳、儒雅的男子。院落一角的桃花已开，阳光洒落，光与影交相辉映，倒有不一样的风情。走到近处，清香便扑了满怀。

院子里有花台，里面种着玫瑰和月季，花台被阳光晒得很烫，可小坐。有喜鹊、麻雀、蝴蝶，还有桃花惹来的蜜蜂。空灵的鸟叫声，风吹动梧桐树的声音，还有蜜蜂在花丛中的嗡嗡声。这声音，让人怦然心动，让人格外欢喜。

夜晚，春雨来。因为睡眠浅，雨一来，我便醒了。索性静卧着，听雨打梧桐的声音，声声入耳，带着春的气息。雨声渐大，我的心却平静了许多，不多时，又沉沉睡去。梦里的我坐在朱自清描写的荷塘旁，看着天边的月。不远处有人在抚琴，悠扬婉转，十分动人。

苏轼曾在《行香子》中有这样的期许：几时归去，作个闲人。对一张琴，一壶酒，一溪云。

词美，景美，心淡泊。

现实生活虽忙碌，却也可以偷得浮生半日闲。不上班时，不必归去，我也是一个闲人。我在清晨散步，沿着附近的学校慢跑，像回到了少年时。回家时，对一张桌，一碗粥，和最爱的人。

平淡是真，我很爱。

（二）食物

我对食物有着热忱的爱。很爱，很爱。

去过的每一座城，都有一种食物撩拨着我的心。

在巴厘岛尝试过印度手抓饭，吃过之后，指尖全是浓香的咖喱味儿，仿佛返璞归真，回到童年，不会用筷子，趁着大人不注意就用手抓着吃。

总是在街角看到当地人吃饭，一大块芭蕉叶，上面有白米饭，有咖喱汤汁，少许腌菜，还有一只大鸡腿。三两个人围坐在一处，边吃边谈，用当地的语言。我也学会几句，一定是听不懂，但看他们吃得这样香，一定很好吃。

吃饭最香的人是谁呢？我想到了《孤独的美食家》（日本连载漫画，后被改编为同名电视剧，井之头五郎为角色人物之一）里的井之头五郎，饿的时候是万万不能看的，会流口水。或许因为每次寻找美食都是一个人，所以题目用了“孤独”二字。可哪里孤独呢？他分明很开心，是啊，与美食相伴，哪里会孤独呢？

休息日，三餐正常。

夏天的清晨格外清新，也凉爽许多，我与先生也在早市的路边摊吃早餐。

虽然卫生不过关，却有着浓厚的烟火气。

一碗豆腐脑，两根油条，一碟小汤包。周围环境嘈杂，但我与先生却吃得开怀。才吃过早饭，就想着下一餐吃什么了。在夏天的午餐，先生是需要一瓶哈尔滨啤酒的，一杯下去，可以缓解伏天的热度。

我却很固执，觉得哈尔滨啤酒一定要配得莫利炖鱼。看着大锅里汤汁浓厚的炖鱼，还有用鱼汤煨过的豆腐和粉条，锅边贴着玉米面饼子，炖好时，撒上一把葱花和香菜。几个人围着锅台，在蒸腾的热气中，开几瓶冰镇的哈尔滨啤酒。吃一块豆腐，夹一口鲜嫩的鱼肉，喝半杯清凉的啤酒，那滋味儿，真是人间美味，爽快！

可一日三餐总不能都去外面吃，我与先生分工明确，他做糖醋排骨和红烧肉，我负责清炒时蔬，再煲一碗热热的汤。投入到柴米油盐中去的女子都很勇敢，也很知性。

先生却说：哪里知性？分明是吃货。

从前，我十指不沾阳春水，家里的酱油瓶倒了，都不会扶一下。现在，我洗手做羹汤，学做菜给先生吃。母亲说，家里炒菜的声音最温馨。从前不懂，现在深以为然。

简单的一饭一蔬，先生吃得很开心。我想，这大概就是生活，平凡、简单，细水长流。

用过午餐，先生在厨房洗碗，我坐在客厅写文章。在哗哗的水声中，我听到他问：晚上吃什么？

（三）爱人

我欲与君相知，长命无绝衰。山无陵，江水为竭，冬雷震震，夏雨雪，天地合，乃敢与君绝。

家乡的小镇，婚礼现场上，我对先生这样说。

我外冷内热，寡言少语，平日里也不爱笑，大多数时候都在思考。从前想，像我这样的怪人，会有人爱吗？

一个人在外求学，毕业后，成了浮萍，无枝可依，辗转来到大连。我渴望有人将我细心安放，妥善收藏，免我惊，免我苦，免我四下流离，免我无枝可依。我知，我深知，人生在世，本就是独自修行，运气好，可有人同行。运气不好，便要等，等那个知心人，踏着春风，款款朝我走来，从此，再不分离。

少女心，我一直都有。

后来人海十万里，终有人善待我。

与先生一起住在租来的屋舍，条件差一点，彼时秋风起，敲打着窗户，夜晚很长，却不冷。有瓦遮头，有墙挡风，外面风再寒，雨再大，也并不会怕。爱你的人在身旁，一伸手，就够得着。

真好，真好。

今夜我处小雨，见字诸君安好。世界很大，心却很暖。我很好，愿你也一样。

我是檐上三寸雪，你是人间惊鸿客

（一）

诗是你，我在流年里品读。

一首诗里，藏着流年，隐着智慧，读起来韵味十足，底蕴深厚。意气风发时，那是“仰天长啸出门去，我辈岂是蓬蒿人”，笃定，果断，勇往直前；失意孤独时，那是“月孤明，风又起，杏花稀”，怅然，寂寥，无可奈何；想饮酒时，便是“晚来天欲雪，能饮一杯无”，也可是“人生得意须尽欢，莫使金樽空对月”，开怀，畅饮，相聚在一起；想喝茶时，就是“且将新火试新茶，诗酒趁年华”，对月烹茶，人生几何，岂不快哉？

总有一首诗，惊艳了你的时光，在岁月的流年里被你反复吟诵。

与诗为伴，可亲可怀。

从前，雨停时，总想起柳永的那句“寒蝉凄切，对长亭晚，骤雨初歇”。而现在多吟诵“空山新雨后，天气晚来秋。明月松间照，清泉石上流”。情之所起，很偶然，用诗词来表达心情，很是欢喜。这是浓缩古人智慧的结晶，词美，景美，寓情于景，情景交融。

一首诗里可以藏着心事。

“采菊东篱下，悠然见南山”，是一份心意，一种境界。何时可以归隐田园，寄情山水，对一丛菊，半盏酒，一树繁花。这微醺而陶然的生活，是岁月静好，是似水流年。“野泉烟火白云间，坐饮香茶爱此山”，一山一云，泉水烹茶，观景、品茶，独酌或对饮，都好。在青山绿水之间，留一份豁达，存一颗真心。

诗，是最宝贵的。我愿用一颗真心养着，用心吟诵，珍惜这不可多得的“人间惊鸿客”。

(二)

姹紫嫣红，桃花是你，清莲还是你。

春花，秋月，夏日，冬雪。美好的事物总是转瞬即逝，是留不住的繁华，灿烂辉煌，终会落尽。好在四季更迭，年年如此，岁岁都可欣赏得到。

大自然创造了美丽，花，就是最好的馈赠。万紫千红，浸染着赏花人的心，或惊艳，或赞赏，或抒情。人们总是对美好的事物存着向往和期待，也愿意花费时间去追求，去欣赏。

五月是姹紫嫣红的。桃花红，梨花白，杏花微雨，樱花、玉兰、丁香、槐花，争相开放，走近时，香气便扑了满怀。

优雅的女人就像一朵花，那是云想衣裳花想容；心中有莲花，质地高洁，濯清涟而不妖，那是一种娴静与端庄；心中有桃花，灼灼其华，人面桃花相映红，那是一种绚丽与夺目。姹紫嫣红开遍，染红了春色，似一抹斜阳，辉映着大地。

花开了，赏花人便来了。不辜负花期，也不辜负自己。

赏花之人的心是静的，低眉一瞬，最是倾城。心中有清莲，面似桃花，所以优雅、知性、气自华。每每看到惜花人，都觉得他们温柔可亲，拥有一颗热爱花草的玲珑心，善于发现生活中的美。

花，是茫茫尘世间，最绚丽的风景，也是人间惊鸿客。我愿做惜花人，赏花、赞花、怜花。花期短暂，且行且观，且赏且惜。

（三）

灿烂阳光，你是最暖的。

暮春时节，去院子里看书，坐在石凳上。石凳被阳光晒得热热的，一阵风袭来，吹落了桃花，漫天纷飞，落在摊开的书上。

不必抬头，就知道那笼罩在我身上的阳光很明媚，疏影横斜，桃花映在一旁的水池里，幽香浮动，不知不觉，已经近了黄昏。

阳光，雨露，母亲的爱，这是世间最珍贵的。摊开手，就能抓到温暖的光，一直照亮着前行的路，阳光在时，便没有黑暗。

人生本就是充满阳光的，无论你是谁，无论你在哪里，太阳总会升起，阳光总会普照大地，洒下光芒，和着微风，吹遍一切。爱自己，爱身边的一草一物，爱家人，爱这纷繁复杂的世界。

灿烂阳光，你是最暖的。在温暖的世界上做简单的事。一日三餐，最简单也最平淡，一饭一蔬，一碗茶，半盏酒。素色衣衫，不必鲜艳，删繁就简，才最真实。细心观察，留心去看，生活中的点点滴滴都是美好，也最是惊艳。这就是平淡的流年，却也是惊艳的岁月。

真实，平凡，返璞归真。这大概就是生活的真谛。

我爱阳光，我自是明媚。心中有爱，灵魂有光。

（四）

青春不羁是你。

在特定的时间里，我允许自己怀念往事。关于青春，关于事业，关于那一场风花雪月。

青春是最鲜艳的花朵，是红色的蔷薇，猛虎嗅香，回味无穷。青春里的我们，正像那盛放的蔷薇，不顾一切，只管绽放。那是繁盛的，是无悔的，是不羁的。孟浪是我，熬夜苦读是我，放荡不羁还是我。

哪怕只是怀念一下，就觉得那样清欢。

就像高中时学《西厢记》，语文老师讲公开课，让文理科实验班一起上课，理科班排短剧——长亭送别那一段。扮演张生的男同学，身姿挺拔，目若朗星，施施然离去，背影萧索。那一眼，让人难以忘怀。

碧云天，黄花地，西风紧，北雁南飞。晓来谁染霜林醉，总是离人泪。

来时匆匆，归路漫漫。

回忆里藏着青春的影子，一件白衣，一辆单车，一个少年，都是青春不羁，无悔，

花影婆娑间，青春在花间起舞，水袖一甩，便是万种风情。风光旖旎时，青春在雨中漫步，是翩翩少年郎，与日月兮齐光。光阴温润中，青春在流年里微笑，那是岁月静好，安之若素。

我怀念童年的时光，纯真，质朴；也怀念少年的光阴，荏苒，匆匆。但也仅仅是怀念，过去的，就不会再回来。当下，才是最重要的。过好当下的每一天，珍惜每一分，细细耕耘，静待花开。

无论何时，拥有一份好心情，用美好的心态看待身边的人和事，你会发现，原来生活如此简单，删繁就简，大可不必复杂化。愿做檐上的三寸雪，静看云卷云舒，花开花落，感知这世间的“惊鸿客”。

追梦人

（一）

为什么选择写作？

墨西哥作家胡安·鲁尔福说：搞不清是何原因促使我写作。我只觉得非写不可。就像我乐意诉说自己的经历和或在生活中梦寐以求的愿望一样。我认为，在我的作品中，想象多于现实。我意识到，事实有它的局限性，这一局限性使之脱离了文学性。

意大利作家弗朗塞斯科·圣维塔莱说：写作是我的爱好，我的乐趣，也是我的职业。它是一种需要，是一种试图认识世界、反映世界以及进行自我认识的方式，为的是沟通人与人之间的联系。这也是对生活的一种选择。读一部小说，也同旅行一样，是对我们生活过的历史的一次回顾。

德国作家君特·格拉斯说：“我从事写作，因为我不能做其他事情。”

写作于我，更是生活中不可或缺的一件事，它已经融入我的骨血，难舍难分，注定要进行一辈子。朝朝暮暮，长长久久。

我并不是作家，只是一个文学爱好者。我对写作有着热忱的爱，热烈，深远。很爱，很爱。正如美食。食色性也，很自然。写作于我，也很自然，不可割舍。

我相信，每一个写作者都有一颗孤独的心。我孤独，像一个人走在雪夜里。茫茫原野，只影独行，回首看，只有两行脚印。我将心事说给星辰大海，给漫天飞雪，给月光，给深夜。我是独行的浪子，没有人能够看透我的心，就连我自己也不行。孤独，却不寂寞。我有书本为伴，文字堆砌起来的万紫千红，处处都有人间烟火，或绚丽，或平淡。这一切都是孤独给予我的，无尽的思考，所以更自由，也就更动人。

享受孤独，了解孤独，正视孤独。孤独是孤芳自赏的孔雀，每一片羽毛都油光水滑，等待着开屏一瞬的耀目，光芒万丈。相信吧！这山长水远的尘世，终究要靠自己走下去。我知，我深知，一早我便知道。

孤独的心灵深处，需要用文字去抚平午夜梦回的怅然若失。用文字告诉自己，不要碌碌无为，要一生做个追梦人。

（二）

我为什么写作呢？

除去孤独，我更崇尚心灵的自由与宁静。

我是一个追梦人。从记事开始，便会做梦。梦中的场景似曾相识，或开怀，或伤心，或是异域美景，或是生活琐事。有时梦到见之不忘的美人，巧笑倩兮，美目盼兮，或许是思之如狂，所以入梦。有时梦到书中的翩翩公子，谦和有礼，玉树临风，或许是日有所思，所以悄然入梦。故事中，我是一个局外人，看着梦中人经历的事情；梦醒来，我是一个追梦人，将梦境中的场景写出来，再续一段情缘。

我有很重的神经衰弱症，所以睡着时，梦就很多。起先还被困扰，也吃了药调养，却不见效。索性就不理会了，佛性一些，很怪，梦变得温和了。

也许因为千奇百怪的梦开阔了我的思维，脑子里的故事越来越多，所以我试着将故事写出来。小学刚学会英文时，还用英文编过小剧本，现在想来，当时真是有趣极了。中学时开始写日记，将梦境或小故事记下来，也写一些心情，写出来，人就活泼许多，也更热爱生活，甚至有时还期待做梦。

我觉得自己是独一无二的人，很奇特，很有趣，内心世界丰富多彩，枯燥的学习生涯也变得五彩纷呈。我念书很厉害，语文和英语极好，但数学很差，偏科严重。从大二开始，就一心一意地写作，十年如一日，始终坚持，从不放弃。

工作之余，看书、写作是我的爱好。除去旅行的时间，大多数时候，我都坐在电脑前写文章。我有一个梦，将自己心中的故事讲给别人听，也愿意花时间听别人讲自己的故事。无论是做一个追梦人，还是一个倾听者，我都感到幸福无比，仿佛在故事中，我手持兵符，操纵着文字大军，千军万马呼啸而过，讲述一个又一个故事，长年累月堆积在月光下，愈发变成传奇。

我自己的传奇。

枯燥吗？写作时，大多数时候是枯燥的。四周寂静无声，只有键盘的噼啪声，响在黑夜里。可是却并不黑暗，因为家中的光很温暖，窗外的月散发着清辉。内心越来越强大，我是无所畏惧的，因为心中有爱，有山河大地，有日月星辰，有光。

（三）

雄鹰可以一跃而上，翱翔在天空，轻而易举地登上金字塔的顶端。而我是一只蜗牛，只能一点一点往上爬，一日复一日，永远不停歇。我知，我深知，只要我还活着，就会一直写作，就像雄鹰，早晚有一日，我会追到自己的梦。

做一个追梦人，像风走过了八千里路，不问归期。

爱尔兰作家艾德娜·奥布赖恩说：不完全清楚促使我写作的到底是什么力量。主要原因就是由于感到孤独。文字、阅读、写作使我感到快乐。写作近乎祈祷，首先触及作家，尔后又触及读者心灵的最深处。写作是反对碌碌无为的呼喊，是打发我那茫然若失之感的唯一武器。

写作使我感到快乐，真实的文字才会触动人心，只有感动了自己的文字，才有可能去打动读者。我爱写作，只要一天不写点东西，我就痛苦万分，怅然若失。我想，我与写作大概是分不开了。

如果有人问我，为什么写作？

我想我的回答是："我有一个梦，关于文学，关于爱情，关于一场穿越世界的旅行。写作是我要坚持一生的事，我选择了一条最难走的路，路上有嘲笑，有质疑，鲜少有鲜花，有掌声。但自己选择的路，就算跪着也要走下去。我愿意一生做个追梦人，写字，出书，拍电影。尽管嘲笑我吧！我有梦想，几十年过去，梦依旧还在。因为写作，我勇敢，我坚强，我善良，我充满阳光！"

追梦十年，此为记。

路

寒冬时节，我完成了一幅油画，那是我理想中的家园。画中有一条羊肠小路，幽幽然通向不知名的远方。路口有一盏橘色的灯，是巴洛克风格，光很暖。它的前方是未知的世界，曲径通幽处，神秘，充满挑战；它的身后是一幢房子，屋内有亮光，缕缕炊烟升起，温馨，满载着家人的爱。

油画中的世界恰如现实生活，生活中的我们走出家门，在外面精彩纷呈的世界奔波着，每一天都走在路上。路的那一头是未来世界，走得再远也并不会怕，你知道，只要沿着这条路往回走，那就是归途。远方亮起的灯光如昼，一如往昔，它散发出的光似乎带着电码，仿佛在说着，你不是孤军奋战，从不。

于是游子再也不怕，因为通往家的路，一直都在。

路是什么呢？电视节目《朗读者》有一季的开场白中说："路就是道，道就是规则、法则，道路的故事充满了人生的经验。没有路的时候，心里会彷徨，路多的时候心里又会迷失。走好选择的路，别只选好走的路。”

站在人生的十字路口，面临的选择很多，不同的路通向不同的未来，时间到了，不能踌躇。择一条路，走下去，不管前路如何，踏出去的时候，就已经成功了一半。

在路上，每一天都在拼搏。人生本就是一个人的旅行，最艰难的日子都是自己熬过来的。那些黑夜，那些寂寞，都是一个人。如果说，是什么支撑着你从低谷走出来，我想，那会是爱，是坚强。村上春树在《当我谈跑步时，我谈些什么》中说，如果说有什么必须战胜的对手，那就是过去的自己。

战胜自己，比做任何事都有勇气，也值得拿出来炫耀。为什么呢？最了解你的人，只有你自己。他知道你的弱点，知道你的不足，你起早跑步时，他化身为懒惰，瞌睡；当你减肥时，他化身为诱惑，美食；当你拼搏时，他又化身为安逸，安于现状。我想，人都是有惰性的，阳光，美食，岁月静好。而风雨，拼搏，奋斗，与朝阳为伍，与星辰作伴，日复一日地坚持下来，需要强大的自律。只有战胜过去的自己，才会在路上遇到不一样的风景。

人从生下来就开始了生命的征程，在咿呀学语、蹒跚学步的时候，尚且不知前方是怎样的，也不知将来要面对的是什么，可依旧努力学着。从试探着踏出第一步，推着学步车，一点一点艰难地朝前走，到最后，不用别人帮助，就能独立走在路上。一步一步，甚至跑进春风中，跑到夏花里。

生命的征程开始了，就会一直在路上。或与人同行，或孤军奋战。父母会陪你走过很长一段路，可到了下一个人生路口，他们也只能站在原地看着你远去。但并不会害怕，也不彷徨，挥挥手，勇敢地朝前走。你脚踏实地，每一步都很扎实，你心中有爱，知道背后的路一直都在，那是通往家乡的路，父母在那一头，给予你爱和幸福。

大多数时候，路都是靠自己走的。越长大，就越明白，很多艰难的时刻，都是靠自己走的。就像刘瑜在《一个人要像一支队伍》中说，一个人就像一支队伍，对着自己的头脑和心灵招兵买马，不气馁，有召唤，爱自由。

是啊，多少个拼搏的日日夜夜，陪你到最后的，不正是你自己吗？抑郁症患者虽然有药物的帮助，可心理上的治疗，还是需要自己慢慢调节。多少次黑暗中挣扎，觉得暗无天日，人生充满灰色和不安，没有一丝亮光和希望。但涅槃之后，终究会浴火重生。

把自己当成一支队伍，走过这山长水远的尘世。坚持不懈是你，勇往直前是你，运筹帷幄是你，拼搏厮杀还是你。就这样，带着自己头脑和心灵的千军万马，永远都不气馁，一路过五关斩六将。不要怕，也并不会怕，内心强大的人注定会走得很远，而且很稳。

小时候的乡间小路充满希望，向上看，碧落苍穹，浩瀚无边，有蓝天、白云和阳光；向下看，神州大地，绿满人间，有庄稼，有蝴蝶和蜜蜂；中间是我，抓着爷爷的手，走在羊肠小路上。路没有尽头，通向自由的生活，有阳光，有希望。

这条路，我从前走过无数遍，也看着爷爷走过无数遍，他教会我读书写字，教会我做人的道理，也教会我承担责任。曾几何时，在梦中，我追着他的脚步，走了很久，可到头来，却只能看到他的背影。那背影挺拔，坚定，似乎在说，不必追。

后来我终于知道，长大了，就更自由，更成熟，也有了担当和责任。却要付出更多代价。

从前很怕坟地，只要瞧一眼，就很怕。沈从文胆子大，少时还去坟地里玩儿，倒在坟地里睡觉。我是万万不敢的，许是我常年多梦，也爱胡思乱想，睡时便入梦，倒是自己吓自己了。

结婚前一天是要去祭祖的，我也想去看看爷爷。将车开出城去，很远的距离，然后到了山脚，车子进不去，就停在路边。父亲带着我与弟弟走上山，也会路过一大片坟地，很奇怪，这一次，并不害怕，反而内心很平和，很暖。

到了，这是爷爷现在住的地方。

坟地四周的树，很茂盛，翠绿一片。生与死，从来离得很近。坟地周围长着野花，是嫩黄色的小花朵，充满生命力，我摘下几株放在爷爷的坟前。烧完纸钱后，我蹲在爷爷的坟前静静看了一会儿，在心里对他说：爷爷，我终于长大了，今后的路，我会很努力地走，不要担心，我会很好。

离开了坟地，我们将车开出去，一路向北，靠近城里。

这条路很长，很长，连着生与死。

我知，我深知，脚下的路是靠自己走的，但我不会怕，也不觉得孤单。我知道，爷爷在天上看着我。

岛上的画家

在巴厘岛已经第六日了，依旧很爱这里。

这一日，先生在别墅外的泳池游泳。我贪凉，就躲在里面吹空调，吹得冷了，便拿出一条丝巾裹着，一抬眼，就看到了墙上的油画。

来巴厘岛的这些天，我一直都在观察，餐厅、酒吧、咖啡厅、商场，包括这几日住宿的地方，墙面上挂的都是油画。一问之下才知道，这些画都是岛上的画家画的。这是一座艺术之岛，岛上的居民，有的会画画，有的会雕塑（木雕或石雕），有的会做银饰，有的会染布。我向来对艺术很感兴趣，尤其是对油画。有的油画手法细腻，不见笔触，有的油画用色粗犷，色彩斑斓。最爱莫奈的《日出·印象》，笔触轻快跳跃，整幅画水光相映，烟波浩渺。

我想到新家墙面上还没有装饰，便开了房门对先生说，今天不去看海了，咱们去寻画吧！

先生游了一圈才上来，说，也好。

就这样，我与先生开始了巴厘岛寻画之旅。

我们居住的地方距离库塔海滩不远，这里的街道很窄，过马路很容易。而且马路上有交通警察，遇到行人要过马路，便会举起小旗让车停下，等行人安全通过后才离开。我们沿着距离库塔海滩很近的街道行走，从这一头走到那一头，然后拐弯，不知不觉走进一个闹市区。这里的商品琳琅满目，有衣服、有水果、有食物、有木雕，当然，也有油画。进去看了几家，交流几句后，我觉得他们身上多了一些市井气，毫无艺术之感，便作罢。

离开这条街，我们依旧朝前走着。

赤道附近，阳光很足，闷热、无风。空气中飘散着淡淡的花香，还夹杂着一丝丝大海的气息。

走得累了，我们便在路边的小店买了一杯果汁，然后躲在小巷的阴影中歇歇脚。对面的墙角下坐着三个小姑娘，她们在吃午饭。芭蕉叶上有米饭，有咖喱汁，还有一只鸡腿。她们边吃边聊，很是温馨。

我正看得起劲儿，先生推推我的胳膊，伸手指了个方向，说，踏破铁鞋无觅处啊，瞧，那不是你要找的吗？

我闻声抬头，顺着先生指的方向看去，有一个包着头巾的中年男人在室外画画。周围的嘈杂似乎都离他远去，他眼里只有手中的画笔，还有眼前画中的大海。他正在非常专注地调色，要用最亮的颜色去压浅颜色。我看得出，这幅画已经将近尾声了。

我们表明了来意，他便邀请我们进了他的画室，这里的三面墙上都挂着他画的油画，墙上，地上，到处都是他的画。大的，小的，有美景，有动物，有人物，还有巴厘岛的风俗民情。这就是一个油画的汇集地，是艺术的天堂。

他将空调打开，屋里不一会儿就凉快了，然后给我和先生倒了两杯水，再三邀请我们坐下慢慢看。

他叫 Rheno，是岛上的画家。

他会说英语，而且说得很好。

先生问他，刚才那幅画需要多长时间画完。

他说，那幅画已经画了三天了，还有一天就画完了，昨天夜里下了雨，颜料干得不彻底，最后的亮色压不上去。今天天气很好，阳光充足，这样画最后一道亮色才会很干净。

我之前画过油画，所以知道他这个“压”是什么意思，所以解释给了先生听。

我问他，这些画是否都是他画的，有没有专门在学校学过？

他略有些羞涩地点点头，说，他们这学画都是从小开始学，会吃饭时，就会拿画笔。他的画都是父亲教的，而他父亲的画是爷爷教的，爷爷的画是太爷爷教的，一代传一代，每一代都会画画。

我听了有些吃惊，也有些敬佩。一生只做一件事，每一代都在学油画，一代传一代，生生不息，永远没有停止。

我看那些油画，从画中就能看出，他是一个内心充满爱和光的人。油画中的世界很美好，一幅幅画就像清澈的溪流，可以洗涤人的心灵。在这个纷繁复杂的社会，有一股清流在身边，人也会变得豁达、乐观。

他说，岛上有个油画村，村里的每个人都会画油画，都是世代相传。村子的外墙上都是油画，画中的世界就是他们的天地。他邀请我和先生去村里看画，那里的选择更多。他的孩子现在也在学画画，他觉得那孩子很有天赋，将来也许会成才，将巴厘岛上的油画带出去，走向世界。

我与先生时间不多，便婉言谢绝了。如果下次有机会，我一定要去一次油画村，看一看他的孩子和画。

他说，他一直都在岛上画画，从未离开。他卖掉一幅画，就能给家里添上一周的粮食（巴厘岛人均收入很低，大概一个月 1000 多元人民币），除了画画，他还想让孩子多读些书。这些年，见过很多游客，法国的、英国的、美国的、中国的，他们都从外面的世界来，都说外面的世界很精彩，他也想让孩子走出去，看一看外面的世界。

又看了一会儿画，选了最心仪的一幅。与他交谈甚欢，便拍了照片留作纪念，并且承诺，让我身边的朋友也能看到他的画。

这幅油画漂洋过海，如今在新家的墙上，每次经过餐厅，看到墙上的大海、日出、沙滩、椰子树，便能想起岛上的他。

巴厘岛的天很蓝，云很白，海水很清澈，沙滩上的沙很细。微风吹拂，吹来岛上的艺术气息。

他是岛上的画家，名字叫 Rheno。

每日与油画为伴，将巴厘岛的风土人情通过绘画留存下来。他的画也卖给世界各地的游客，这一幅幅带着巴厘岛特色的油画，也正像他说的，走向了全世界。他有梦，有理想，每天除了自己画画，也腾出时间教孩子画画。我想，他的心是自由的，那一小片天地浓缩在油画里，寄托了他的梦想，漂洋过海，落在大千世界。

艺术的传承，从未停止，一直在路上，一代传一代。生生不息，繁荣昌盛。

荷

那日天朗气清，惠风和畅，心境也开阔，于是约上友人，去游西湖。彼时杭州西湖正是春光无限，微风轻拂，水光潋滟，十里荷花，分外妖娆。

来杭州前，我是没见过荷花的，对于荷的印象也只停留在古代诗人的笔下和朱自清的散文中。苏轼的“菰蒲无边水茫茫，荷花夜开风露香”，寥寥数笔就勾勒出了荷花绽放时的香气，风吹莲叶，十里飘香。杨万里的“接天莲叶无穷碧，映日荷花别样红”，将西湖荷花的美态呈现出来，像一幅画铺陈开来，让人仿佛置身其中。而朱自清的《荷塘月色》描述得更是让人心醉。虽然清华园里的荷塘不大，却令人心驰神往，都因读他的散文。荷塘曲折，蜿蜒而上，莲叶在夜色中的美态被他描写得那样传神，真好。

遇到那一池荷花时，已临近傍晚。落日的余晖洒在水面上，瞬时波光旖旎，仿佛整片荷花都被镀上了清辉，柔和，婉转而动人。

站在凉亭里，放眼望去，茫茫一片，皆是绿色，仿佛春风才至，绿了江南岸。荷叶浮在水面，接连在一起，或高或低。远望，只见那片墨绿似铺陈到了天际，与晚霞融为一体，交相辉映，倒有不同的风情。近看，层层的叶子中间，有荷茎亭亭玉立，溯波而上，上接荷花，下连荷叶，彼此相连，难以分割。那荷花宛如少女的舞裙，婀娜身姿，在万绿丛中尽展芳华。也有朵朵白花点缀着荷叶，像纯洁的少女，娇嫩白皙，优雅高贵。

四周无人，我索性就坐在地上，近距离观赏荷花。近了，就对声音更敏感。我似乎听到了绿色而阔大的荷叶下有潺潺流水的声音，细腻、微小，听了心更静，更舒缓。微风过处，吹皱了一池碧水，荷叶也轻轻飘荡了起来，却并不明显。荷花香扑了满怀，馥郁的芬芳使人沉醉，清雅、淡然。好像闭上双眼，身体便可乘风而去，飘游在十里荷花之上。远处烟波浩渺，透着些温润的色彩。夕阳已逝，月色便开始朦胧了起来。晚风来了，带着阵阵荷香，可伴人入梦。

饮酒、喝茶、吟诗、作对，古人是很爱的。对着此情此景，我也只能借几首文人墨客写的诗句，聊表心意。宋代欧阳修的《采桑子 · 荷花开后西湖好》写得绝妙，“荷花开后西湖好，载酒来时。不用旌旗，前后红幢绿盖随。　画船撑入花深处，香泛金卮。烟雨微微，一片笙歌醉里归。”荷花绽放的美景呼之欲出，这样的美景，必定要以醉来配合才不辜负。也想起李清照的那首《如梦令》：“常记溪亭日暮，沉醉不知归路。兴尽晚回舟，误入藕花深处。争渡，争渡，惊起一滩鸥鹭。”藕花深处，别有天地，酒醉，花美，清新别致。

今日观荷，未饮先醉，所以不饮酒，只喝茶。

西湖的夜，很迷离，也很文艺。

走出凉亭一路向东，沿着荷花的方向走，就能看到一处茶室，它临水而建，可在室外饮茶。于是我与友人寻了处视角好的地方停下，坐下来喝杯茶，再行赏花之事。

对一张桌，一壶茶，一碟莲子，我们临水而坐，一边饮茶，一边说话。

茶，是荷叶茶；话，是家常话。

荷叶茶，又称“荷钱茶”。早在秦汉时期，先民们就将荷花、荷叶制成茶来喝，用来滋补药用。《本草纲目》中也有记载：“荷叶嫩者名，荷钱；贴水者名，藕荷。荷叶主治，止渴，落胞破血，治产躁口干，心肺烦躁。而荷花味苦、甘，性温，无毒。主镇心益色，养颜轻身。”

友人是个“老古董”，喜欢研读《本草纲目》，他讲完之后，我便放下手中的荷叶茶，叫店家另沏了一壶荷花茶来。

他又说，荷花，又叫莲花。它还有几个好听的名字，也叫芙蓉、菡萏、芙蕖、水华。女子多爱称它为芙蓉或菡萏，而他更喜称之为水华。水生植物，不随波逐流，出淤泥而不染，濯清涟而不妖，水中的仙子，是最华贵的。

他高中时便才华横溢，多年不见，才情未减半分，更有君子之风。与他交谈，格外轻松。

他离家多年，遇到家乡来的好友，难免要缅怀一下过去。他是我见过最正直的男子，工作认真，如今已经是公司骨干，有一定的社会地位，却还是谦和有礼，倒有一句诗形容他最合适不过：“有匪君子，如切如磋，如琢如磨。”

多年过去，我还记得他研究生毕业一年后的那个深夜，打电话跟我说，公司高层站队现象严重，一旦站错队伍，一不小心就会被踢出局，连一个展示自己才华的平台都没有。他偏偏不站队，所以被主管排挤，暗地里也给他使了不少绊子。而最严重的一次，直接让他在大老板面前失去了晋升的机会。后来，他在机缘巧合下掌握了那个主管吃里扒外的证据。

我问他会不会把证据交给大老板。

他说的话我永远记得。他沉默了一会儿，说：“近墨者未必黑，出淤泥而不染的也并非只是莲。我和他不一样，我永远相信一分耕耘一分收获。”

我笑了笑，说：“我相信，我一直相信，你会一飞冲天，不必靠这个来上位。”

如今，他比起当初更成熟，也更稳重。是谦谦君子，如玉般温良，如水般柔情。

岁月一直善待他，他的眼眸一如当初，清澈，明亮，充满正能量。

彼时，吹过一阵风，我低头饮了一口荷花茶，忽然莞尔一笑。眼前这男子，不就像一旁的荷花吗？清雅脱俗，志气高洁。他就是如莲一般的男子，历尽凡尘而不染俗气，灼灼其华，似有亮光。

“你瞧，朱自清散文描绘的美景！”他指着一旁莲叶中的白花说。

“层层的叶子中间，零星地点缀着些白花。有袅娜地开着地，有羞涩地打着朵儿的；正如一粒粒的明珠，又如碧天里的星星，又如刚出浴的美人。”

盛夏

（一）

盛夏，是绿肥红瘦的时节。想起盛夏，心底必然被涂上了绿色，秦桑低绿枝，处处都是生命力。绿，代表希望，是夏的永恒色，盛夏被赋予热度和号召力，充满激情与能量。

生命与盛夏，本就是一样，有时繁茂生长，有时安稳平和。四季更迭，时光轮回，生命本来的样子就是很自然的，天然去雕饰，没有华丽的外表。

诺贝尔曾经说过："生命，那是自然付给人类去雕琢的宝石"。每个人的生命都可以是璞玉，经过数万刀雕琢才能露出温润而明亮的质地。生命被赋予极大的责任，可我们了解它吗？只有真正领悟生命的真谛，才能得到生命的灵魂，不然，也只是行尸走肉，没有梦想，没有未来。

生命是顽强不屈的，大多数人都是普通人，但普通人对于生命的领悟，虽不会像"先天下之忧而忧，后天下之乐而乐"那般胸怀天下，也会是“诚能体而存之，则众善之源，百行之本”，拥有一颗真诚而善良的心。

就像主持人董卿在《朗读者》的开场白中说：“生命可以是能够被毁灭但不能够被打败，那般顽强，也可以是亦余心之所善兮，虽九死其犹未悔，那般博大。生命如果有颜色，会不会看上去就像梵高的《向日葵》和《星空》；生命如果有态度，是不是听上去就是贝多芬的《田园》和《英雄》。生命的意义是如此厚重，无论我们怎样全力以赴都不为过，因为我们生而为人，生而为众生。”

生而为人，生而为众生！

对待生命需要充满敬畏，在满足了温饱和精神需求外，还需要做一些有意义的事情。对待众生要有慈悲的心怀，关爱大自然的一花一草，一树一物，不让《寂静的春天》中描述的情景再现。

生与死，总是离得那样近。我们终有一天都会死去，可活着的每一天都是充满期待的。让每一天都充满意义，不负时光，就很好。

（二）

爱与盛夏，也相得益彰。

我真是喜欢“爱”这个字，读起来便有一丝丝浓郁的情掺杂在里面，没有矫揉造作，只是真情流露。

母亲年轻时是一个宛如夏花般绚烂的女子。那一年，她盛装打扮，着红衣，贴花黄，白皙的面上透着一抹红，潋滟着春光的眼波里含着一丝情。

她在等一个人，我的父亲。

虽是寒冬，身是冷的，心却炙热，宛如盛夏。

她是家中最小的女儿，是外祖母手心里的珍宝。这一别，山高水远，这一走，万水千山。何时才能再见一面？也许余生只剩下一次又一次的别离，可又怎样？这就是生活呀，每一个人都要经历离别。

临走时，她哭了。外祖母也哭了。嫁女儿的心，再欢喜，也是疼的。

这一步跨出去，她在远方有了家，有了良人。而背后，也是她永远的港湾，是父母双亲浓浓的牵挂。

走吧，走吧。迈出这一步，她就是大人了，成为人妻，将来还会成为人母，多么伟大，多么美好，多么炽热。

寒冬时节，该是梅花盛开的时节。这里虽然没有梅花，却也能有梅花的意境。那“遥知不是雪，为有暗香来”也变成了梦中的场景。梦中的婚礼，有白雪为伴，洁白如玉的白雪，该是世上最干净的了。

那个生如夏花的女子出嫁了，从此与爱相伴，我想，会是一生一世。

(三)

盛夏，遇到梦想花开。

从前，梦想远在天边，与碧海蓝天相接，遥不可及；现在，梦想在盛夏的时节里发酵，慢慢变得醇香，透过天际，飘散到我的身边，撩拨着我的衣襟，那样近。

仲夏夜的夜晚，一个人坐在电脑前追梦，一个字一个字敲出我的未来。没有比这更配得起青春了，在烦闷的夏，梦想就是一丝丝微风，送来清凉与舒爽。伏案写作并不会累，因为喜欢，因为有爱。在写作的过程中，可以提升自己的思维能力，将过去的记忆，从前的见闻都整合起来，编织成一个又一个的梦。坚定不移地前进，这条路没有终点，只有一个又一个路牌，指引着你一步一步朝前走。

梦想有多远，就要有多拼搏。现实与梦想之间，是一条弯曲的小路，很漫长，很坎坷，可是怕什么呢？就像繁花盛开，明知道会凋谢，还是要用力绽放美丽，留下永恒的回忆。

夏的绚烂，多姿多彩，正如生命的律动，带着希望和阳光。

六月已经流逝，七月才刚开始。我的出书之梦还在继续。这段时间，我坚持每天看书、写散文，用心去感受文字赐予我的力量，我觉得自己的散文作品有很大提升。这让我更加坚信，一分耕耘，一分收获。我要用整个生命去创作，投入我全部的热爱，就像绚烂的夏花一样，一到了时节，就绽放花苞。

夏至过后便是小暑，梦想还在继续。

（四）

城市中的盛夏与空调分不开，坐在空调下，清凉、舒适，可却少了几分自然。这时，我的心就越过万水千山，来到从前的故乡。那里的盛夏没有空调，只有乡间的潺潺溪流，从小麦田吹来的清风。大汗淋漓，却恣意畅快。

乡愁总在不经意间涌动出来，比如午后的蝉鸣，黄昏的晚霞；比如一道糖醋小排，一碗绿豆汤，比如一首怀旧的曲子，一个熟悉的场景……走过繁华的主街，来到一条狭窄的小巷，踩在青石板路上，周围静悄悄的，偶尔能听到几声鸟鸣，抬头一看，便从树枝上飞走了。这时，忽然有些恍惚，一下子回到了童年的故乡。也是盛夏，我躺在院子里的石阶上，学着爷爷的样子，用帽子遮住眼睛，还没睡着，就摔到地上去了。那时阳光很暖，微风不燥，不远处的纱窗上落了一只蝉，叫声很大，被爷爷用手一打，便抖着翅膀飞走了。然后睡眼蒙眬的我被爷爷抱到屋里，不多时，就沉沉睡去。

盛夏的天很长，睡到黄昏时，天还很亮，叫人误以为是清晨。我急忙抓起书包要去上学，一出门，发现爷爷和奶奶在门口剥玉米粒，看到我，便笑着说：“该吃晚饭了，你拿书包做什么？”

我虚惊一场，连忙坐在奶奶身边，盯着小盆里的玉米粒。

盛夏的夜要来了，晚风带来了一丝丝清凉，似乎还夹杂着青草的清香。

生命、爱、梦想和故乡，合在一起便是盛夏时节最美好的存在。我爱盛夏，有着无限可能的盛夏。生命不息，梦想不灭，爱与阳光常在，故乡则是珍藏在心底的一片蓝天。

海上的一座城

滨城大连的周边有众多岛屿，有蚂蚁岛、石城岛、大长兴岛（也称大长山岛）、小长兴岛（也称小长山岛）、广鹿岛、哈仙岛、海王九岛、獐子岛、瓜皮岛等。这些岛屿的名字虽淳朴，可景色宜人，宛如仙境。一座岛，便是一座独立在浩瀚大海中的城，正如明珠，在岁月如梭的流年中熠熠生辉。明珠不可蒙尘，这些年，岛上的游客纷至沓来，大连周边的这些岛屿也渐渐成了人们心中的净土，消暑的胜地。

盛夏与海岛的结合可谓相得益彰，碧海蓝天中，一座座梦幻的岛屿，就是传说中的幻城。大海与蓝天相接，海天共一色，站在海滩上，一浪接着一浪的海水拂过，恍如自身站在蓝天之上，自由而充满活力。一座海岛，就是童话里的世界，想象力与创造力在一起，用海风和浪花编织成一个又一个善良而纯真的故事。

坐在海滩上晒太阳，听着海浪拍打细沙的声音，阳光、沙滩、海风、浪花，这一切都令人感到惬意，淡泊宁静的生活，大概就是如此吧。

来大连的第三年，盛夏时节，我与先生去了广鹿岛。

选择广鹿岛，是因为之前在男装部时手底下有一个大姐，她辞职后回岛上开了一家民宿。程姐从小在广鹿岛上长大，离开家后就去了大连，她做过小生意，当过营业员，也在家当过全职妈妈。离开广鹿岛二十余载，她做过很多事，遇见许多人，历尽繁华后，觉得还是海岛的生活最美好。日出而作，日落而息，每一日都与自然为伴，每一天都与大海相遇，很平淡，却很欢喜。

她说，岛上的天是湛蓝的，岛上的地是肥沃的；海风吹来时，或徐徐，或猛烈；海浪拍打时，或轻柔，或澎湃。海上的风俗，简单，质朴，海上的居民，淳朴，善良；岛上的海鸥自由，翱翔天空；岛上的景色更宜人，春华秋实，每一个时节都充满活力。海岛的路绕着大圈，沿着海岸线，外面是无边的大海，里面是无际的玉蜀黍，绿油油，像岛上的卫兵，时时刻刻都向着海面，朝着海风吹拂的方向倾斜。海岛中处处都可见合欢树，一棵棵仿佛高耸入云般，站在树下闻着海风的味道，竟透着一股淡淡的清香。

心驰神往，这是出发去海岛前的感受。

去大连周边任意一座海岛都需要乘船。我与先生起早去了金石滩的港口，那日风大，浪翻得高，又是小船，自然有些颠簸。一个多小时后，终于踏上了广鹿岛。看着那块巨石，我有些熟悉，这座岛，我曾在听程姐描述后梦到过，今日相见，倒不像是初遇。

每一次相遇，都是久别重逢。梦中的海岛，与现实重叠了。这一次就当作是重逢，而不是初见。

程姐还在民宿准备午餐，她安排了她的弟弟来接我与先生。程哥是典型的海岛居民，他的肤色被海风吹得黝黑发亮，他的身材高大，孔武有力，双手很有力量，那是一双开船打鱼的手。他话不多，很真诚，也很淳朴。驱车五分钟，便到了程姐家的民宿。

下了车，要走过一条狭窄的乡间小路，路两旁是半人高的杂草，杂草深处还有几株浅紫色的野花。走出小路，视线就开阔许多，首先映入眼帘的是两棵李子树，上面的青李子挂了满树，硕果累累。民宿大门两侧是两块菜园，用小腿高的篱笆围上，里面有茄子、豆角、地瓜、花生、黄瓜和玉蜀黍。偶尔有几只菜粉蝶和蜜蜂在菜园中嬉闹，临近门前，还听到了蛐蛐的叫声。民宿是一幢两层的洋楼，前面的院子很宽阔，中间有葡萄架，葡萄藤绕满了架子，形成绿荫，有几串葡萄已经发紫，看起来最是可口。有一桌客人早已坐在葡萄架下用餐，几人说说笑笑，好不畅快。左边还有几张桌子，几把椅子，再往里有一个用石头砌成的水池，水中养了几株睡莲，睡莲下有几尾金鱼。陈设简单，却也雅致。

我与先生路过右边的厨房时，珠帘动了动，接着程姐笑着从里面走了出来。与她闲聊数句后，她转身拿出早已为我与先生准备好的食物。

一桌子食物，均是大海中的珍馐，鲜美可口。简单的农家菜，从海上刚捞出来的海虾、扇贝、海螺，洗净后上锅蒸，原汁原味。海鱼清蒸或者用大酱炖，鲜嫩多汁。最值得一提的莫过于海参。我记得大连周边有个岛叫蚂蚁岛，并不是这座岛蚂蚁多，而是这蚂蚁岛周边海域海参多，像蚂蚁一样密集，所以取名叫蚂蚁岛。大连盛产海参，冬季吃最是温补，养海参的人也有很多。程哥家中有海，他的海里就养海参，今日吃的凉拌海参，也是清晨他下海捞的。新鲜的海参生吃，最是美味，这种是美食爱好者追求原味食材的最高境界之一。取刚从大海捞出来的海参两根，以最快的速度给它做剖腹处理，处理内脏时，要把沙嘴剪掉，之后用清水冲洗干净。接着切成小段备用，将小香葱、生姜、青椒、彩椒切成末，适量即可，再拌上酱油、香醋、食盐少许，拌匀后撒上香菜，淋几滴橄榄油。这凉拌海参刺身口感很不错，入口鲜醇，咬劲儿十足，是大海最好的馈赠。

午后，安静，风吹过，带来少许凉意。

整个下午都是在海滩度过的，这里的海岸线很长，沙子很细，游客不多，很静。我与先生沿着沙滩一路走，翻过礁石来到一处无人的地方，坐在礁石上看海，心境也开阔许多。

海岛上的生活很慢，悠闲、惬意、自由自在。想坐在礁石上看海，那便看海；想去沙滩上挖沙子，那就挖沙子；想去大海里游泳，那就拿起游泳圈。一切都是自由的，一切都是美好的，可以说是很逍遥了。怪不得程姐要回到海岛上生活，这里的一切都太过美好，平淡，简单，却又处处充满了生机和活力。

岛上的一切仿佛都鲜活了起来，海风吹过，浪花飞溅，夕阳渐渐西下，渔船也纷纷归来。等待他们的，是简单的一饭一蔬，是亲人脸上的笑，这不就是人生的真谛吗？一切归于平淡，删繁就简，返璞归真，虽无奇，却处处清欢。

这就是人人都向往的生活，不是吗？

彼时有少年，素衣衫，英雄胆

北方的雨有时来得很急，淅淅沥沥，带着一丝丝凉气，都化作绕指柔的水汽，氤氲在咖啡厅的落地窗上。骤雨初歇时，天地之间渐渐起了雾，缭绕着，笼着城中的高楼与绿树。

咖啡厅很静，就连耳畔的音乐也消散，落地窗外落着一只喜鹊，偶尔鸣叫几声，声音空灵，也缥缈。坐在窗前的男人叫 Y，着一件素色衣衫，简单，干净。桌上是一杯美式咖啡，只喝了一半。我见到他时，他正在吃面包。

我知道，他不吃外面的食物，工作餐就是一杯咖啡，一个面包。他只吃妻子做的饭，提起她时，他的眉眼带着浅笑。笑虽浅，情却深。

如果用一种植物来形容他，我想就是雨后的青竹。“瞻彼淇奥，绿竹猗猗。有匪君子，如切如磋，如琢如磨。”用《诗经》里的这一句来形容他，绝妙。他是我见过最像青竹的男子，品格高尚，富潇洒之姿，逼檀栾之秀。

这一次长谈，我已经期待许久了。

（一）

高中时，他意气风发，不负少年情怀。那时课业很重，补课之风渐起。可班中有家庭条件不好的同学，这一笔额外的费用于他们来说，无疑是负担。他很反感英语老师这种乱收费的行为，沟通几次无果，于是一纸状书将她告上法庭，人证、物证齐全，他胜诉了。那个英语老师被吊销了教师资格证，同时也被学校开除。

经过这件事，他在学校受到了排挤，无奈之下，接受了家里的安排，去了英国留学。在英国读了一年语言，然后考上了伦敦玛丽女王大学，攻读计算机专业。他功课很好，也很自律。在异国他乡求学，他形单影只，因为是中国人，不受老师的重视，也因为英文发音遭到同学的嘲笑。但他从不放弃，努力完成课业，没事儿就去找外国朋友聊天。一年后，他的英文水平提升很快，就连英文演讲都应对自如。

他喜静，经常在周末时驱车到海边。不游泳，就坐在礁石上看海，也唏嘘世界之大，大海与蓝天相连，无边无垠。偶尔也捡些海鲜回去，螃蟹、牡蛎、海星，有时还能捡到几只龙虾。他不喜欢吃海鲜，就将捡回去的海鲜送给房东太太，那个优雅的英国老太太。

在英国的第六年，他遇到了自己的妻子，一个学设计的女子。她有江南女子的温柔，说话轻声细语，软糯可爱。一袭长发及腰，笑起来很好看，让他想起那句“巧笑倩兮，美目盼兮”。

又过了两年，他们决定回国结婚。

八年前，他出国留学，八年后，他携妻归来。异国求学之路很艰辛，也很漫长，但他从未忘记自己的初心。善良，阳光、充满正能量。

（二）

回国后，他们去了上海，在浦东买了一套房子安家。不久后，妻子怀孕，专心在家养胎。他去了一家科技公司，负责后台技术工作。

做程序设计，写编程，经常要熬夜。他很有耐力，无论遇到什么困难都不放弃，一直坚持。五年来，他从职员做起，一路打拼，最后做到副总的位置。

他说，做了公司副总之后压力更大，很累，经常出差，加班更是常态。有时遇到项目，几天几夜都不能回家，吃住都在公司，再回家时，已经是蓬头垢面，胡子很长，女儿都不认识他了。他这一头白发就是经常熬夜做编程的结果。

他三十五岁，正值壮年，头发却是银多墨寡。我笑着对他说，这一头白发是智慧的象征，每一根白发都代表睿智和沉稳，有他走过的路，历经的风雨和智慧的结晶。头发花白，却不苍茫，他眼中的光显露了一切，依旧风华正茂。

他喝了一口咖啡，望着窗外，他说，他喜欢雨后的植物，带着一抹素净和淡雅，简单、朴素。

他在上海发展得很好，地位财富，如花美眷，还有乖巧的女儿，可他并不开心，压力依旧很大，有时整夜睡不着。自那以后，他开始重新审视自己，想了许久，直到有一日，他在公园里散步，看到一位老人。

老人坐在木椅上，静静地看着已经睡着的婴儿，颇有一种岁月静好的感觉。在这个静谧的午后，他坐在老人身旁，与他闲聊了几句。老人说，年轻时忙，错过了很多重要的时刻，孩子就像一下子长大了。如今老了，才发现，见证生命的成长，真好啊。

历经繁华，才知道简单、平凡才是生活。

从公园回去后，他向公司提出辞职，卖掉了上海的房子，带着妻子和孩子来到了滨城大连。

(三)

距离大海越近，胸怀就越宽广。选择大连，一是为了孩子，二就是为了这一片海。

在英国读书时，他就喜欢看海。面朝大海，春暖花开。他有淡泊的情怀，从容的心态，人越到中年，就越觉得简单的生活更可贵。

王维说:“晚年惟好静，万事不关心。”

姹紫嫣红开遍，过眼繁华落尽后，才能领悟王维这句诗的底蕴。我想，他现在就是这样的心境，是“松风吹解带，山月照弹琴”，是行到水穷处，坐看云起时，也是“几时归去，做一个闲人。对一张琴，一壶酒，一溪云”。宁静致远，淡泊从容。

生活就是这样，删繁，就简。妻子的一饭一蔬，女儿的一颦一笑，还有他此时淡然的心。

时光匆匆，还未好好留念就已悄然过去。我们留不住昨天，未来也遥不可及，唯有今朝，当下，分秒间。我知道，他会一直如此淡然地面对生活的种种，珍惜当下的每一天，也不会错过女儿成长的时光。岁月，静好，陪伴，相守。

走出咖啡厅时，他转头问我:“雨后的天空更蓝了，不是吗？”

我仰头看着雨后初晴的蓝天，阴云早已不见，薄薄的白云飘然而至。此时，正是当下更蓝的天，更白的云，幽静而陶然。

第四辑　陌上花开，可缓缓归矣

五月槐花香

初来大连时，便是五月。我与友人居住的房舍东北角就有一排洋槐树，走得近了，就能嗅到槐花清甜的香味。这是一个草木繁盛的时节，也是槐花盛开的月份。

那时年少，不知烦恼为何物，也不知未来如何，只是拥有一颗纯真的心，愿意花时间去感受大自然的美。也许是我儿时便喜欢独处，所以这一次，我趁着月色撩人，独自一人走在洋槐树下。

这是一个幽静的去处，远离闹市，没有城市的那种繁华与喧嚣。视线穿过洋槐树，便能看到不远处那星星点点的灯火。此处虽然寂静，却不寂寥，视线所及，处处都有人间烟火气。

槐花的香味借着晚风飘散开来，就像一首悦耳而婉转的曲子悠扬地飘荡过来，它穿过徐徐的微风，在月色的笼罩下，变得更加迷人。闻着槐花的阵阵幽香，清甜的微风拂面，在这个寂静的夜晚，我感到无比的自由，心境也很开阔，人自然开怀。

我所见的槐花是白色的，它通体雪白，莹润如玉。一朵朵，一串串，一簇簇的槐花挂在枝头，隐藏在碧绿的叶子中，像悦耳动人的风铃，又像夜空中的星星，还像亭亭玉立的少女，青涩而美好。繁茂的叶子中间，几串洁白无瑕的槐花俏皮地露出笑脸，像是在与我打着招呼似的。微风过处，处处留香，那一串串槐花在碧波中荡漾，毫不在意赏花之人的多少，只是在默默地绽放出原本的美丽。想来槐花绽放美丽，那是再自然不过的事了，哪管赏花人的多与少呢？她又哪有时间去思考那么多呢？季节一到，时间刚好，就自然而然地盛放了。

繁星点缀下的夜空很是令人陶醉，月色朦胧，像是戴着一层神秘的面纱。恰巧透过槐树射到一旁的水塘里，月光笼罩着水塘，散发出幽幽的光，温润而细腻。白色的槐花和碧绿的叶子也被月色笼罩在水塘的倒影中，映着潋滟波光，缱绻起一丝丝动人心魄的美。宛如伊人临水照花，在微风吹拂中摇曳生姿。霎时间，一切都变得鲜活了起来，她们像是有了灵气一般，都你追我赶，争先恐后地探出头来，让我感受到馥郁芬芳和快乐美好。

槐树的西南角有几间屋舍，其中一间就是友人从小居住的地方。虽然几间屋舍中都有亮光，但我依然觉得，她住的那一间格外温馨。它被月色从昏睡中拖曳而出，当中亮着的一抹橘色的光，在夜晚时更加柔和。那光似乎照得很远，远到可以碰触到夜空中皎洁的月光，交界处笼罩着一团薄薄的雾气，缭绕其中的，似乎是亲人之间的感情。

此时，遥望着那屋舍中绽放出的光，我忽然想起友人的母亲。她是一个朴实的家庭主妇，每天都做着再平凡不过的事情，日复一日地重复着，她的整颗心都放在子女的身上。她待人和善，也很热情。听友人说，她母亲一听说她要带朋友回家，便早早地预备了起来。

预备什么呢？对于大连人来说，一到槐花盛开的五月，也就迎来了视觉、嗅觉和味觉的三重大餐。赏着槐花的美态，闻着槐花的芳香，吃着槐花的美味，三者缺一不可。

槐花可以生吃，从树上摘下来一串，直接摘一小朵，入口清甜，丝丝甜味儿充盈着你的味蕾，给你味觉上的享受，那是大自然美好的馈赠。也可摘一小盆槐花，裹了面用油炸，或上锅蒸，最后淋上一小勺桂花蜜，那简直就是人间美味。而最好吃的，莫过于槐花馅的饺子。选一块七分瘦三分肥的猪肉，纯手工剁成肉末，再把用沸水浸过的槐花拌进去，小香葱切成末，再淋上橄榄油，食盐少许。饺子包好后，手指间都会留有槐花的清香。饺子煮好后，蘸点蒜酱，咬上一口，就有汤汁流到嘴里，随后便是槐花与淀粉和肉的碰撞，那满口留香的感觉，顿时让人觉得生活无限美好。

在氤氲着槐花馅饺子香味儿的热气中，留有一室清香。那是母亲浓浓的爱，也是友人对童年时光的眷恋。

想到这里，一抬头，已经不知不觉走到了友人居住的房舍，不禁嘴角上扬，露出微笑。常听人们说，长大了，就要离开家乡。一个人在外求学，学业有成后，又辗转到心仪的城市打拼。一个人在外漂泊，无枝可依的时候，最多想起的就是家乡，念得最多的也是母亲常做的菜。但奇怪的是，在家时，并不觉得家乡有多好，母亲做的菜有多好吃，可一旦离开家，一年只能回一次家，一年只能吃一次母亲做的菜，那时，家乡和母亲做的菜便更显珍贵了。

虽然想念，虽然不舍，但时间一到，我们还是要收拾好包裹，带着母亲精心准备的家乡特产离开家。这一走，又是一年。

我们所珍视的，不仅仅是家乡的一草一物，房屋院落，也不仅仅是母亲做的菜，更多的还是，那些回不去的少年时光。我们想留住从前的所有，却发现，那些从前，所有的所有，也不过是午夜梦回的惋惜和回忆。我们拥有的，能够抓住的只有现在，此时此刻。

此时此刻，爱自己，爱家人，爱生活中的一草一物。

友人走过很多城市，有过许多“每逢佳节倍思亲”的时刻，她牵挂家乡的老屋，惦记老屋中的母亲，也怀念陪伴自己多年的一树槐花。

有家在，任何地方对她来说，都是远方。而走得再远也并不会害怕，因为家就在那里，宛如“郁郁芬芳醉万家”的槐花，生生不息，繁花似锦。

冰城的丁香花

初来冰城读书时，看过寒冬里的冰雪大世界后，我就格外盼望着春的来临。终于，在我的一次次期待中，春风来了，春天的脚步近了。当和煦的春风吹过哈尔滨的江南和江北时，春的气息就近了。人们常说，哈尔滨是没有春天的，直接从冬天跳到夏天。可是五月的丁香花却见证着哈尔滨的春天，它提醒着人们，春风微拂，花期已至。

丁香花花期很长，有的四月下旬便开放，有的五月份开，足有两个月的花期。就是说，在这两个月当中，哈尔滨的每一个角落都会充满丁香花那独特的芬芳。初闻时是一种若有若无的幽香，仿佛是暗香涌动，淡淡的轻盈的香。离得近了，那抹馥郁芬芳也变得浓郁了起来，那是优雅的甜香，沁人心脾。

四月的春风还带着一丝北方的寒，照样可以绿了江南和江北岸。松花江两岸的绿柳抽了枝芽，嫩黄的迎春花已经冒出尖尖角，城市中的丁香也终于按捺不住，想要迎风绽放了。初春的清晨，走在清凉的校园里，穿过一条地下通道，就到了校园 B 区的人工湖。晨曦的阳光不那么明媚，却很柔和，笼着湖面，清风徐来，波光粼粼。走过木栈桥，听着“吱嘎”的声响，不远处有一只喜鹊，“噌”的一下飞走了。我瞧见不远处有一层淡淡的紫，似有非有，若即若离。四月已过了大半，春的斑斓色彩还未铺陈开来，到底是按捺不住了。

离得近了，我终于看到那一抹在空中淡淡晕染开来的紫色，这是丁香花的花苞。终于呀！终于要开花了。

哈尔滨的冬日太长了，银装素裹，有时过完清明，还能迎来一场大雪。这早春的绿和花，就显得格外可贵。漫长的冬夜终将过去，花开的时节即将到来。这打着花苞的丁香花很是迷人，星星点点，含羞待放似的，都在攒足了劲儿，等哪日绽放芬芳。含苞待放最是动人，这几个字只消读起来，就有一种说不尽、道不明的感觉，惊艳生命的魅力，它有着无限的美好。悦无涯，美无边。

初露花苞的丁香被微风轻轻拂过，在清晨的阳光中幽幽醒来。那一瞬间，它仿佛被赋予生命的灵动，在阳光和清风的包裹下愈发清纯，羞答答宛如少女般。蛰伏了一冬，丁香的花枝终于等来了春天的一抹绿，也即将迎来枝头的一抹馥郁芬芳，或紫或白。

时光在日以继夜地流走，没过几日，仿佛在一夜之间，丁香枝头的小花便你追我赶，在春天里绽放了。

盛放的丁香花的幽香弥漫在校园里。从远处遥遥望去，那一簇簇，一丛丛丁香花似乎就飘浮在一片碧绿中。浅紫色的丁香花就像空中紫色的云海，缥缈而神秘；白色的丁香花就像落满晶莹雪花的圣诞树，圣洁而莹白。站在花前静静凝望，就会看到那层层叠叠的花穗原是由一朵朵小巧而精致的小花组成，每一朵小花都有个水滴形状的花瓣，她们彼此簇拥着，紧挨着，在温润的微风中，开了一场奢靡而又热闹的集会。

白日的丁香热闹、繁华、充满活力，在阳光的笼罩下愈发美好。夜晚的丁香幽静、娴雅、充满神秘，在月色的映衬下熠熠生辉。

夜晚，上完自习，走出图书馆。恰好吹来一阵风，带着淡淡的花香。于是驻足，遥遥望去，发现了一片隐入夜色中的丁香，被月色笼罩着的黑夜变得朦胧起来，那一片丁香花海也一下子缥缈了许多。离得近了，淡淡的香味愈发浓郁，盛放的花朵也更加迷人。如果说春天是有味道的，那么哈尔滨的春天就是丁香花的味道，满城春色撩人，最动人的便是这丁香。

这样的深夜，这样的丁香，让我想起高中的校园，那里也种着几棵丁香树，每到春天，就会绽放。那时课业压力太大，没有时间去细心观察大自然的美，对丁香的印象也只局限于它的馥郁芬芳。好在，毕业后的第一年，我独自一人回到学校。正是暮春时节，丁香花仍在绽放芬芳，我走在校园的路上，听着耳边响起的读书声，抬头便瞧见了它。

它高一丈多，似桂树，叶似栎叶。枝头的小花精致迷人，像一颗颗莹润的小珍珠，幽幽地泛着清香。丁香花初闻时，清香扑鼻，离花越近，那股香味就变得越浓烈，不能多闻，闻得多了，便醉了。

我生在北方，大学也是在哈尔滨读，几乎整个求学时光都伴着丁香花香。花香不是日日相伴，过了花期就没有了。可到了春的节令，就又开始了，年年相同，岁岁如此。直到现在，我若闻到丁香花的香味，看到花开时的美景，还会想到读书的时候，那段永远回不去的拼搏时光。

上学时，老师都说，要珍惜学生时代的时光，这段时光里有青春，有校园，它纯真、质朴、阳光，每一天都透着力量和希望，像朝阳，像夜月，都有着自然的美，未经雕琢。当时听了后不过嘴角一笑，并没有当回事，可几年过去，当踏入社会后，面对职场和家庭时才承认，还是上学的时光好。

毕业这些年，稚气的棱角被打磨，我们变得更自信、更睿智、更优雅，更懂得怎样与人相处。生活变得繁忙，游走于家庭和工作当中，将晨曦交给拥挤，将夜晚留给加班，自己独处的时间越来越少。虽然如此，也要给自己的心留有余地，那里存放着一颗真心，跟年少一样纯真，一样阳光。那里，每一天都充满希望和阳光。

追忆青春吗？并不是。

我想，那盛放的丁香花是在提醒我，四季更迭，时光匆匆，要努力拼搏，跟从前一样，岁岁朝朝皆是如此。就像丁香，一到了节气就绽放。感知自然，顺其自然。

毕竟，二十几岁的年纪，有着无限的可能性，不是吗？

葡萄酒瓶旁的蔷薇

也许是小时候养成的习惯，我对大自然的美好事物存着满心的欢喜。我愿意花时间去观察这个世界，也喜欢停下来去欣赏路边的美景。我不会错过小草发出嫩芽，也不会忘记去拍小区里的玉兰，更不会忘记日日去看那棵生病了的合欢树。

我喜欢一个人慢慢走在去单位的路上，看一路风景，说一路闲语。我不会错过地铁站出口一侧的三株桃树的花期，我喜欢懒洋洋地站在地铁口仰头看着蓝天、白云，然后闻着桃花的芬芳，一步一步走进那条略显狭窄的小路。

桃花谢了太匆匆，它花期短暂，往往一场春雨过后，桃花就谢了。等过了漫长的时间，就迎来了蔷薇的花期。

那开到奢靡的蔷薇是大红色的，是浅粉色的，一片片蔷薇花像是铺排好的，就等着所有花都落尽了，她才姗姗来迟，赶赴这一年一度的约会。五月中旬，我便瞧见那条小巷子里的几株蔷薇冒出了花苞，花苞的尖端吐着红色的花丝，像是等不及了，耐不住寂寞了，追着赶着要绽放似的。

早在五月初，那绿色的茎叶就铺满了外墙，像是有预谋似的，将这个隐藏在深巷中的葡萄酒庄遮挡住。等了半月，终于呀，蔷薇花铺天盖地地攀附在暗棕色的墙面上，在烂漫的蔷薇花中间，还能瞧见里面那一排若隐若现的葡萄酒瓶子。似乎这葡萄酒庄和蔷薇花天生就很配。蔷薇花经历了冬日的严寒，等了许久，到了春天，依旧可以冒出春芽，长出枝蔓，开出花朵。而葡萄酒也需要经过漫长岁月的发酵，才能得到甘醇的口感。

一样的历久弥新，一样的绚烂夺目。

蔷薇花总是如此灿烂而高调，她开花时，绝不是一枝独秀，而是许许多多的，彼此簇拥着，在芬芳的香气中招摇着。

满架蔷薇一院香，我如今总算见到了，蔷薇花香氤氲了整个小巷的情景。清晨，刚一踏入这条小巷，便会闻到那若有若无的清香，走得近了，那味道就更浓。那一朵朵，一簇簇，一丛丛蔷薇花，颜色浓的浓，淡的淡，或红或白，都以最美的姿态迎接朝阳。那藤蔓百转千回，曲曲绕绕铺满了墙面，微风吹拂，层层叠叠的蔷薇花在微风中摇曳生姿，荡漾着清香，令人陶醉。

我本不喜欢这样高调而又招摇的花，她比不得小花小草，可以开得长久。这样耀眼的蔷薇其花期往往很短，短到一场急促的春雨下来，花瓣就会落了满地。好像她精心准备的美丽，就只炫耀了几日，并不会长久。可是时间长了，我发现，这就是蔷薇呀，就像她的花语，代表爱情和爱的思念。明明知道这是一场华丽的冒险，她还是甘愿去面对，每一次，都开到奢靡。从我初遇她开始，她就是如此，每到五月，她都会尽情地绽放，像是最后一次绽放了一样，毫无保留的，一心一意地开着。

我喜欢拍蔷薇盛放的样子，想要把这份美丽记录下来。后来我发现一个细节，每年我从同一个角度拍出来的蔷薇，其实也是不同的。虽然还是同一株蔷薇，同样都是在葡萄酒瓶旁，但蔷薇花绽放的方向是不一样的。我喜欢这种细节的美好，蔷薇花的枝蔓曲曲折折，上面开满了热闹的花，她们彼此为伴，一起迎接最绚丽的时刻。

家门口中学校园四周的铁栅栏上就爬满了蔷薇，此时正是盛放的时节。这几次值班归来，先生都会带我从那满架的蔷薇花前走过，闻着一路的花香，慢慢走回家。

那时的校园里竟还有夜跑的人，偶遇了几次后，先生告诉我，那是准备考体育的学生在练习。我站在蔷薇花下，借着路灯往里面看，仿佛听到了那个学生的心跳声，那样坚定，那样有力量。这满架的蔷薇见证着他日以继夜的努力，生命不息，运动不止。就像蔷薇，岁岁年年，花开奢靡。

学生时代可真好呀！一切都是未知的，未来有着无限的可能性。我想要留住青春，然而抓得越紧，她溜走得越快。可是如今我对于青春又有了另一番认识。因为蔷薇。

蔷薇蔷薇处处开，青春青春处处在。

年长的友人把青春比喻成蔷薇，虽然她已近知天命之年，但依旧相信青春永驻。她说的永驻的青春并不是身体和容貌，而是内在和精神。无论在什么时候，她都是充满活力的，对生活充满期待和希望，活得像盛放的蔷薇，花开一日，便炫目一日，哪管世间的风和雨，就只管盛放着。天气晴朗时，她便迎着晨曦，静静地绽放着，昂首挺胸，像是青春的少女。炎热的午后，她也可以耷拉着脑袋，蔫蔫地表示对阳光的不满。青春是自由的，随心所欲的，雨后的蔷薇就更自由了，她会随着微风，让自己的香气弥漫开来，享受着匆匆赶路的行人的赞美。

有一位友人五年前离开安稳的国企，来到一个新兴的外企，虽然比从前忙很多，压力也很大，但她仿佛比从前更年轻了，心态也变好了。她说，从前总是觉得安稳好，想要做一辈子的松柏，四季常青。可是时间久了，越来越发现，自己其实是可以活成像蔷薇一样的女子的，敢爱敢做，拼搏和积极的人生才更有意义。虽然蔷薇花期短暂，但生命力顽强，忍过寒冬，下一年又可以赶赴五月的约会，这一次花开，还会像从前一样，璀璨夺目，美得发光。

我也爱蔷薇，爱她的炫目，爱她的张扬。友人说得很对，青春就像蔷薇，今年凋谢了，经过几个月的滋养，下一年还会继续盛放。其实蔷薇哪里是会凋零的呢？她盛放的场景都已经深深印在了赏花人的心底，一提起蔷薇，人们脑海中必定会浮现出那抹绚丽。

什么是青春永驻呢？这就是。

记忆中的合欢花

最近心烦单位的事情，心情总是不爽快，像是有一块石头压在心上，莫名的总是有些伤感。要说我总是抗拒长大这回事，是有一定道理的。所谓长大，就是有那么一瞬间你会知道，这山长水远的尘世，终究是要一个人走过，我们注定要扛着肩上的担子一步一步，把一个人当千军万马来用。越长大，我就越明白，不管男人还是女人，能时时刻刻抚慰灵魂的，只有自己。

所以遇到困惑时，我喜欢一个人独处。

碧空万里，远处飘着几朵浮云，微风越来越和煦了，迎面吹来的风再没有了寒冷之意，我这时才后知后觉，大连的夏天，终于像那么回事了。

如往常一样，我漫步在小区的院子里，走在石头砌成的小路上，那三棵被砍掉枝干的合欢树就映入了眼帘。从去年开始，这三棵树就生病了，树叶只长了一半，花也只开了半边，另一半更像是枯木工艺品，毫无生机可言。到了今年，它们旁边的树都抽了新芽，仿佛一夜之间穿了新衣似的，可它们还是没有丝毫的动作，不肯用绿色去迎接春天。终于又过了半月，再经过这条路时，那三棵合欢树已经被砍去了枝干，只留一个巨大的树干，光秃秃，什么也没有。

我为此心疼了许久，也常常去留意，惋惜地叹气。

这三棵合欢树曾经是多么的风光，每年在合欢花开的时节，人们都拿了单反相机来摄影，将它美丽夺目的一幕留存下来。合欢树的树干很粗，枝繁叶茂。到六月时，合欢花盛放，离远看，就像是黄昏的晚霞，用炫耀而优雅的红色涂抹了碧蓝的天空。又像是华丽的锦缎斜铺在一大片绿叶上，缥缈而不失婉约。那大片大片的色彩就那样呈现在人们的眼前，合欢花盛放着，毫无保留地绽放着。

合欢花开的时节，每日清晨我都会起很早，拿了一本书去树下捡落下的合欢花。合欢树形姿势优美，叶形雅致，入夏后便树荫清幽。但它花期很短，只有一日，而且羽状的叶子也会随着花开花落而昼开夜合。我猜合欢花是凌晨凋谢的，被风吹散的花飘得不远，就落在树下，离远看去，就像是一块轻薄的锦缎浮在地上。瞧，落花的时候也这样美。

我是瞧见过被太阳光烤过的合欢花的，才不过半小时就已经全无光彩，变得蔫蔫的毫无生机。而天刚微微亮时，合欢花似乎刚落下，才一走近，就闻到一股清幽的香味，绵长悠远，细致中还夹杂着一丝蛊惑，让人流连忘返，再也忘不掉那鼻息间的馥郁香气。

合欢花有着淡粉色的绒毛，像一把小扇子般从茎上散开。顶端的颜色更为浓郁些，像是天边绯红的烟霞，朦胧婉约，在微风轻拂下摇曳生姿；也像少女白皙脸颊上的一抹胭脂，妩媚动人，扣人心弦。

这样美的花脱离了树干是活不长的，如果放任阳光吸干她的水分，她就再无半分光彩照人。于是我将落了满地的合欢花一朵一朵捡起，小心翼翼地夹在书页里，满心欢喜地认为，这就是留住她摄人心魄的美丽的最好方法。

如今我再次走在合欢树下，这里已经没有了往日的热闹。没有枝繁叶茂，绿树成荫，也没有绯红的合欢花挂在枝头，更没有了往日的生机勃勃。四周绿树环绕，恰巧一阵风吹过，树叶之间产生摩擦，像是在讲述着这盛大的集会。可热闹是它们的，合欢树什么都没有。

瞧，它该有多落寞。

我走了两步，凑近看着那树干，突然眼睛一亮！瞧，这是什么？

只见那干枯粗糙的树干上长出两棵嫩芽，那嫩芽小巧无比，不仔细瞧是看不出来的。我突然有些高兴，到底啊！它没有放弃自己，它在酝酿着树干中所有的激情和努力，用尽全力去吸取养分，终于抽出了新芽，获得了新生。

看着那枯木抽出新芽，我忽然松了一口气，心中那些烦闷似乎烟消云散了。我的处境比起这棵合欢树好太多，也并没有到山穷水尽的地步，我为什么要自怨自艾而不去努力呢？在逆境中重获新生，比什么都重要。为什么不坚持一下？就像这棵合欢树一样，不抱怨周围的环境，就只管向着阳光升起的地方，为了这嫩芽，为了新生，向阳而生。

手中的书不小心掉在了地上，书页被风卷起，里面夹着的合欢花便飘了出来，它很轻，像是有着某种感应似的，随风摇曳了几下，恰巧落在了合欢树下。那正是去年这个时节我在地上捡起的合欢花，经过了一年的时间，她似乎还和刚摘下来一样，颜色鲜亮，仔细一闻，那抹清幽的香味仍然存在，若有所悟地飘散在这空气中。岁月并没有使她的美丽减去半分，反而透着一股劲儿。向美而生，温柔而有力量。

“落红不是无情物，化作春泥更护花。”此情此景，我又想起这句诗，既然这朵花经过一年时间，又重新回到合欢树下，那就索性成全她吧。将她埋在树下，慢慢化作养分继续滋养着树干，让那刚抽出的新芽可以快快长大，静待明年那一树合欢花。

我向来很敬重大自然的一切，一草一木，一花一鸟，也喜欢留心去感受。它们都是和我们一样，每日为了生活而奔波，为了生活而经历风吹日晒。你瞧见过小草低头吗？瞧见过枯木放弃吗？似乎并没有，无论有没有观众，身边有没有同类，它们都在竭尽全力去汲取养分，只为了可以向阳而生。

沙漠中的一株小草，戈壁滩的一朵红花，还有那重新抽出枝芽的合欢树，它们都比我们坚强，你觉得呢？

作一棵合欢树，站成永恒，就算没有了往日的枝繁叶茂，心中也要有一树林荫，在夏日晚风中，静待着明日的朝阳。天再黑也不怕，因为熬过黑夜，便是新的一天，那时，必定晴空万里。

杏花微雨醉春风

初春，细雨蒙蒙，北方的小镇虽然没有江南烟雨朦胧的感觉，但入了春的细雨，也极有格调。淅淅沥沥的雨下过之后，天地间竟起了雾，被一层层白雾笼罩着的大连就好像身现于云中，变得梦幻了起来。也许是这雾的缘故，缓解了我原本焦急赶路的心态，脚下的步子也慢了下来。

一阵风吹过，带来一片芬芳。我顺着香气飘来的方向望去，那雾气缭绕的园林深处，竟然探出一枝杏花来。所谓“满阶芳草绿，一片杏花香”，风徐徐吹来，拂走杏花四周的白雾，那雨后的杏花虽然略显憔悴，花瓣上还沁着水滴，却依旧惊艳了这清晨。杏花微雨，白雾茫茫，一切都是刚刚好的样子。

盛开的杏花不像樱花那样层层叠叠，繁花似锦；也不像五月的蔷薇，犹如猛虎般绚烂地盛放，开到奢靡。杏花合该用“稀”来形容，花瓣不多，却朵朵精致，或莹白，或浅粉，或桃红，离得近了，便终于瞧见她花心中的嫩蕊，一抹嫩黄涂在其中，颜色搭配得恰到好处。

此时春风还带着一抹寒意，杏花却在这微寒的时节独自开放，她如清雅的美人，默默地在早春开放，等到桃花、玉兰和梨花盛开时，又悄然归隐。我喜欢杏花开放的时节，她刚长出花苞时，就意味着春悄悄地来了。流年一瞬，杏花毫不在意地释放自己的美，不与其他花争春斗艳，如若不是满园春色关不住，又哪会让诗人瞧见那一枝出墙来的红杏呢？

从杏花树下走过，忽然有一种“沾衣欲湿杏花雨，吹面不寒杨柳风”的即视感。此时，我身上穿的是一件绣着兰花的襦裙，如果忽视所处的时代，仿佛真的有一种置身于古时私家园林的感觉。那杏花花瓣上凝着的雨滴被风吹落，沾湿了我的裙角，仿佛又下起了杏花雨。我提着裙角慢慢走下石阶，思绪却飘到从前。

在这之前，我是没见过杏花的，对于杏树的了解，也只停留在酸涩的青杏和熟透的黄杏上。

记得舅舅家的后院有一小片果园，一到夏天，果园就热闹了起来，樱桃、李子、杏子、沙果、小苹果和桃子，应有尽有。而那些果树里最大最高的一棵便是老杏树。老杏树开花的时候，我还在上学，等到了暑假，杏花早就谢了，而青杏也在阳光和雨水的滋润下变得膨大了起来，有些黄有些红，一颗一颗地挂在枝头。

我和弟弟再加上舅舅家的两个表姐，就像巡逻队一般，日日去后院溜达一圈，摘些樱桃和草莓回来，路过杏树时，我们使劲儿地盯着看，仿佛看得多了，那杏子就熟得快一样。有一次表姐嘴馋，爬上树摘了几颗下来，没熟的杏子吃起来要格外的酸，刚接触到舌头就酸了满嘴的口水，浑身还要打着颤儿，要赶紧吐出来，喝好几口水才好些。

苦苦熬了十日，杏子总算熟了。我们几个人合作，足足摘了一小盆下来，回到屋内细细洗了。掰开一个，只见那杏肉肥厚，香甜的汁水流了满手，咬一口杏肉，香甜可口，果香浓郁，简直叫人欲罢不能！舅妈一早就说，桃子养人，杏子伤人，绝对不能多吃。可我那时怎么能忍得了，足足吃了十几个，等到胃难受时才停止，可见那时的杏子有多好吃。

上学之后我最喜欢暑假，一放假，我与弟弟就要坐一个半小时的客车去梨北的舅舅家。老屋的院子还是那样大，后院的果园仍旧是我们常出没的地方，听说，初春的时候后院可美了。后山的映山红开得漫山遍野时，院子里的杏花就开了。一场春雨过后，杏花遍落了，然后就是桃花、梨花、小樱桃花、李子花……花开了，就引来了蝴蝶和蜜蜂，当然，这里的蝴蝶大多不好看，偶尔花间会有几只翅膀很大的花蝴蝶，其余的都是菜粉蝶。这时，后院似乎是百花争艳，桃花红，梨花白，小樱桃花簇拥在枝头。唯独杏花开始酝酿着结着小青杏，一副蓄势待发的样子。

青杏我也是吃过的，那时还在幼儿园，班里的同学从家里带来指甲盖大小的青杏，每个人分几颗，在零食匮乏的时候，青杏的味道也是极好的。它酸涩，却比半生不熟的杏子要好接受些，可以嚼尽，让那淡淡的酸味充满味蕾。

上一年中秋，我在故乡居住的时间最长，足足有八天时间。临行前母亲给我准备了一包杏肉脯，说是老家的亲戚当年新制的。母亲说过，她小时候最喜欢站在树下等着舅舅给她摘杏子，舅舅爬到杏树上，用力摇着树杈，成熟的杏子就会掉下来，母亲就蹲在地上捡，一边捡着，一边捏开一颗吃。夏天熟透的杏子很难储存，所以黄杏丰收的时候，她便与外祖母一起晒杏肉干，等到了寒冬，再拿出来吃，还会有夏天的味道。我带着这一包杏肉脯坐上火车，咬了一口，那熟悉的酸甜充斥着我的味蕾，这酸涩感，又让我想起后院那棵杏树，那时年少，尚不知愁的滋味，只知道没熟透的杏子真难吃。我与弟弟、表姐蹲在树下，等着大表姐晃动树杈，我们都知道，杏子还没熟，可谁都不愿意离开，就蹲在树下等着。那一年的夏天，闷热，却很快乐。

此时，思绪飘回眼前，那雾气似乎散了许多，恰巧吹来一阵微风，卷落了几片杏花瓣。我蹲下捡了几片尚带余香的花瓣，想着回家夹在书里，当我再翻阅那些书时，我的故乡，我的少年时代，仿佛就在眼前。

今日的行程被一场春雨耽搁了，但却给了我灵感做一篇文章。我愿意用文字去记录生活中遇到的美好，无论是感动的人，还是美好的事物，我都是喜欢的。故乡春雨也会如期而至，记忆中的杏树都化成一串串不可磨灭的记忆，在一场春雨后，如雨后春笋般初露尖尖角。乡愁又是什么呢？是母亲描述的那清雅的杏花香，也是老家亲戚送来的杏肉脯。我又深深看了一眼雾气中的杏花，转身离去。

古城温暖的光

（一）客栈屋顶，秋千架上看天，碧空万里，白云依依

小暑时节，入伏以来，天气便热烈起来。七月，云南处于雨季，时常下雨。但很幸运，来到丽江的第一日，就看到了碧空万里，白云依依。

客栈在古城外一处僻静的街道。清晨，站在客栈的屋顶，就能看到大半个大研古城。

仰头看天，苍穹浩瀚，碧空与白云相接；俯身看地，清幽古镇，白墙与黛瓦相连；中间是我，恣意畅快，手中握着在忠义市场买的红果子，咬下去，酸甜的汁液盈了满口。

有人问，几月去丽江最好？

我回答，一年四季，不管几月，都好。

丽江就是这样一座城，四季如春，每一日的风景都格外美。这样美的城，似乎用任何美丽的词都可以形容它。时尚小资，情调丰厚；古韵

十足，清幽雅致；丽江的天格外蓝，云层或薄或厚，在这里，似乎一切都是自由的。天想下雨就下雨，不一会儿就乌云密布，淅淅沥沥的雨打在客栈的木窗上；下雨时很冷，太阳出来就很热，如果幸运，雨后还能看到彩虹。

在古城一日，心就静一日，无忧无虑，没有俗世纷扰，仿佛这里是世外桃源，没有束缚，只有自由。慵懒随意，等着古城的阳光，据说那时拍出的照片最美，光与影很好地融合在一起，很柔和。

（二）街角的丽江粑粑，青色辣椒很辣，最爱这路边摊早餐

到底是盛夏，天亮得很早。清晨醒来第一件事，就是裹着毛衣出门买早餐。深巷里行人极少，走几步就到了巷口。人未到，香先至。这家路边摊的早点也有许多当地居民去买，晚了还需要排队。我向来最爱特色小吃，也深知，美味会藏在深巷里。

丽江粑粑，当地特色小吃之一。做丽江粑粑的阿姨并不是当地居民，而是浙江人，来丽江已经有十年了。她每天早上四点起来发面，五点出发，不到五点半就到了古城外。她说，我是今天的第一位客人。

丽江粑粑做好后，她打了个鸡蛋摊在上面，滋滋的煎蛋声很诱人，香味儿也出来了。她拿油纸包好后放在我面前，指了指一旁的调味料说，白腐乳很咸，青辣椒很辣。

我在粑粑上抹了薄薄一层特制酱料，然后加少许白腐乳，因喜欢吃辣，青辣椒加了很多。我弄好之后告诉了阿姨，她帮我将丽江粑粑卷了起来包进油纸里。

回到客栈后，我坐在客栈屋顶的秋千架上，先生站在不远处的木椅旁，我俩一人一个丽江粑粑，开始了这一天的早餐。路边摊的烟火气息更浓郁。在一座城，走进深巷，吃最正宗的特色美食，感受这座城的饮

食文化，这是最踏实的日子，也最温暖。

（三）雨后的古城透着光，有一道彩虹斜挂在天边

来到丽江的第四日，雨从清晨便开始下，一直到下午还未停。一会儿是淅淅沥沥，一会儿是绵绵雨丝。我与先生未去别处，就撑着把伞在大研古城内闲逛。走累了，便随意拐进一家茶楼，让老板沏壶普洱享用。

普洱茶就像底蕴深厚的中年男子，越沉，味道越浓厚，沉浮一生，往日的叱咤风云在一瞬间化作杯中的茶汤，一如普洱的大气，收敛了一身的气场，成了口中的柔和。以我的年纪，还驾驭不了普洱茶的味道，只觉得茶香，闻起来很舒服。

木门外，石板路，雨落在上面，我与先生坐在茶盘前，一边喝茶，一边听雨声，很惬意。

时间仿佛静止了，一切烦恼都离我远去，整个世界就只有氤氲的茶香和落雨的声音。与茶店老板聊了近两个小时，买了几饼普洱茶，想当作伴手礼拿回家。刚付完款，便听见小孩子嬉笑的声音，一转头，发现雨已经停了，茶店老板的两个孩子在石板路上玩得不亦乐乎。

走出茶楼，发现四周的游客都在往一个方向看，都举着相机拍照。我朝着天边的方向看，就瞧见了那不可多得的美景——彩虹。雨后的古城透着光，有一道彩虹斜挂在天边。这彩虹出现的时间很短，不到五分钟便消失了。

短暂的美丽，却惊艳了时光，那是我见过最美的彩虹，透着淡淡的光。

（四）水井旁，坐在石凳上，看见一姑娘洗菜

古城的生活气息很浓，在并不热闹的地方，店家已经开始炒菜了，

翠绿的嫩叶菜放进锅里，香味儿蹿了出来，很熟悉的味道。

再走一走，就会看到古城的三眼井，这是利用地下喷涌出的泉水源，依照地势高低修建的三级水潭，并且根据三个水潭的功能和用途严格区分，形成古风民俗。我与先生坐在水井旁的石凳上，静静看着喷涌而出的泉水，才要走，就看到一个小姑娘端了一小盆青菜过来洗。

因为好奇，所以停下来看了一会儿。她蹲在第二眼井旁洗菜，一片一片地洗，每一片菜叶都洗得很仔细。她一点儿也不着急，也不在乎一旁围观的游客，仿佛这四周只有她一人，不急不慢地洗着。大概半小时后，她终于洗好了，站起身端着洗好的菜，转身打开一扇木门，走了进去。

这个傍晚很静，很平和。三眼泉的水潺潺流动，生生不息，自古，便是如此。

生活在古城的人身上都有一股子慵懒随意的味道，不急不躁，不悲不喜，自在逍遥。这里没有拥挤，没有压力，可以用一下午的时间来喝茶，可以花费半小时来洗菜，也可以坐在客栈的天台上看着蓝天和白云。而这一切，不管天气如何，都可以做，仿佛无论何时，这里都透着光。那是古城温暖的光，亲切，自然，无拘无束。

常年住在古城的人身上有一种光，仿佛是岁月沉淀给他们的力量，温暖中透着光亮。我羡慕拥有那种光的人，自由、随性、坦荡荡、暖洋洋。那是生命之光，从灵魂深处散发，照拂着身边的人，乐观向上，豁达开怀。

素白如雪

自西塘归来，连续几日，脑海中还回荡着烟雨长廊的美景。工作日，午餐时，不必多想，只去那家常光顾的“酱样儿”。熟悉的路，推门而入，简单的小店。一份三文鱼拌饭，一小碟酱萝卜，一碗热热的味增汤。连续数日，皆是如此，未曾变过。

光顾这家小店的人不多，应是很少。我却很喜欢，吃过饭后，我会继续坐在里面写文章，那里放有蔡琴的歌，音调悠远而深沉，桌椅是天蓝色的，与碧空一样，清凉的，透亮的，很清新。桌上摆着三小盆多肉，贴近自然。店家小妹说，多肉这种植物不能独养，一盆太荒凉，两盆也单薄，三盆正好。

可这清凉的“酱样儿”却关门歇业了，大概是经营不善，入不敷出吧。如今，里面可再不是清凉，而是荒凉了。废墟满地，一片狼藉，好在多肉植物被主人带走了。没有了常光顾的小店，接连几日，我只躲进星巴克里，心想着，在没找到合适的去处前，姑且先忍着，好歹坐在一旁桌子的大叔是在看书，写文章的氛围还是有的。

没过几日，单位附近新开了家“猫窝咖啡”，一楼人很少，不错，二楼人更少，绝妙。此处比起“酱样儿”，更加清凉。我点了一杯西番莲芒果汁，上了二楼，坐在靠着书架的沙发上。也临窗，一抬头，便能瞧见隐没在郁郁葱茏的劳动公园里的摩天轮。低头时，雅致清新；抬头看，意境深远。

我喝了一口果汁，暗暗祈祷，希望这家店可以经营久些，长长久久才好。

因为，这里的果汁太好喝了。

素世年华，我不喜纷繁复杂，更爱简单，归一。但并不是一成不变，也并非单调，还会很美妙。

我崇尚简单的生活，更自由。不需要太多内耗，思虑少，人自然开怀。日本作家川真由美在《极简生活》中主张删繁就简，让心灵摆脱牵绊，过真正身心愉悦的生活。一千个人眼中有一千个哈姆雷特。对于这本书，也是一样。我更追求自由的生活，简单，明了，不被条条框框束缚。不在小事上有太多内耗，比如对于一份工作餐，不必太过困扰，选定一个地方，尽量不去改变。工作餐，于我来说，远比不了写文章来得快乐。同样的餐厅，相同的饭菜，不一样的却是心情。

素、白、雪，都给人纯洁、无瑕之感。

少年时，觉得必定该是鲜衣怒马，不负少年之志才好，一路披荆斩棘，拼出一条康庄大道来才罢休。那是意气风发，潇潇雨歇，抬望眼，仰天长啸。而今想来，繁华一世，不过镜中花、水中月，简单、平淡，才能细水长流，不负时光。从前更爱蔷薇，热烈地盛放，一团团，一簇簇，拥着春风，赶着朝阳，那样炙热，那样火烈，那是热忱而浓烈的爱；现在更欣赏“天然去雕饰，清水出芙蓉”的素净之美，无声亦无息，暗夜归来，被月光笼着，清辉洒了一片，宛如秋叶之静美。那是纯洁的，是淡泊的，自有一种宁静致远。

素，素白如雪，纯真，素净，淡雅。

想必，那句“当时年少春衫薄。骑马倚斜桥，满楼红袖招”的少年，须得是素衣衫，白为上，青衫次之。“彼时有少年，素衣衫，英雄胆”，此处的素衣衫，绝妙，让人浮想联翩，宛如春风拂过碧波荡漾的月牙泉，涟漪荡起，婀娜得很。可以仗剑走天涯，茫茫大漠，只留素色衣衫的一角。

白，或莹白如玉，温婉柔和，如美人之手；或纯白色，无一丝杂质，像夜晚的月光，皎洁、明亮。我爱穿白色衣衫，稍微染上一丝灰尘都看得明亮。非黑即白，没有灰色地带。白，也代表光明、正直，做一个勇敢果断，积极乐观的人，向阳而生，善良地对待身边的人，向上，前行，一直在路上。

就像学生时代球场里的少年，白色衣衫，黑眸，黑发，在挥洒青春，书写一份洒脱与自在。在流年的青春里，肆意呐喊是你，孟浪是你。天真不欺，也青春无敌。

生在东北，对于雪，最熟悉不过。家乡的雪，那是“忽如一夜春风来，千树万树梨花开”。漫天飘雪时，整个世界都被雪包裹，银装素裹，分外妖娆。雪是晶莹的、纯洁的、一尘不染的。下雪时，天地间都是热烈的，像是赴一场约会，那是飞雪千年，陶然悠远；雪停了，那是安徒生的童话世界，一切都是纯真的，都是美好的，人心纯洁如雪，素白如玉。

很多时候我们一味地追求热烈，向往繁华，渴望站在金字塔的顶端。为此牺牲时间，割舍亲情，一味地奔跑在路上，将生活的朝阳交给拥挤，将夜晚交给霓虹，纸醉金迷，错过妻子用三两个钟头的时光煲的汤，也错过孩子学会走路的一瞬间。而且，我发现，人是不满足的。欲望就像无底洞，永远都填不平。

有人写作，追求钱财，赚到钱后，又渴望成名，在文坛崭露头角后，又去追求社会地位。欲望没有尽头，数年之后，名与利都有了，却失去了一颗赤子之心。他忘了，最初在一个二十平米的房间里，借着昏暗的灯光熬夜写文章，很苦，很累，也很艰难。但那时的他积极向上，充满希望，心中有光明，写作使他快乐呀！而现在，他不快乐，名利双收后，他失去了写作的快乐，那种平凡的、简单的快乐。

永远保持一颗赤子之心，人生这条路才没有尽头，处处是风景，充满阳光和希望。

素白如雪，简单的生活。

后来的我终于知道，原来姹紫嫣红开遍，最终都付与断井颓垣。滚滚红尘，所有的轰轰烈烈，潇潇洒洒，最后都将归于平凡，简单的生活经过岁月的洗礼，日积月累，光阴沉淀下的才是传奇。纯真与平淡，阳光和雨露，朝与暮的细水长流，生生不息才是永远，也可以长长久久。

八月的曼陀罗花

去年八月我回了一次老家，在与先生散步时，偶然发现一株植物，上面开着白花。我笑着跟先生说，小时候玩过家家时常常采这种植物的果实，圆圆的，毛茸茸的，很好玩儿。

先生仔细地看了看，指着它问："你知道这花叫什么吗？"

我摇摇头，说："不就是很平常的野花嘛，这里到处都有。"

先生微微一笑，告诉我这是曼陀罗花。

开玩笑！曼陀罗花？怎么可能？虽然我没有见过曼陀罗花，但我想，这花一定非常艳丽，就是一眼望去无比妖艳那种感觉。总觉得"曼陀罗"这三个字与妖娆、神秘、艳丽分不开。

先生拉着我蹲在地上，近距离地观察它。他告诉我，《本草纲目》中有记载，曼陀罗花又叫风茄儿、山茄子。李时珍说，《法华经》中记载，佛说法的时候，天上降下曼陀罗花。又道家北斗有陀罗星使者，手执此花。所以就用"曼陀罗"为花名。曼陀罗，梵语是指杂色。茄是因为其叶形像茄而得名。

先生说到这里，略停顿了一下，我眯着眼睛看了看叶子，发现确实跟茄子叶很像。虽然很不想承认，但确实是如此。

曼陀罗花我在少年时常见，而今日才真正认识它。

先生说，武侠小说中的蒙汗药，就是用曼陀罗制作的。曼陀罗花不仅可以用于麻醉，还可以治疗疾病。它的叶、花、子均可入药：花能去风湿，止咳定痛，花瓣的镇痛作用最好，可以治疗神经痛。说到最后他还不忘调侃我一句，曼陀罗花被当成了杂草，如果它有感觉，那一定伤心了。

我心中奇怪，既然是曼陀罗花，那为何会出现在这么寻常的百姓家呢？

先生想了想，说，在《本草纲目》里，李时珍说，曼陀罗生长在北方，人家也有栽种。它春生夏长，八月采花，九月采实。先生还说，这曼陀罗花还有个特点，它白天开花，晚上闭合。

他说完之后，我的心情还久久不能平静。这样一种药用价值极高，还拥有这样美的名字的花，竟被我误认为是野草。长达二十余载，它都被人遗忘在乡间的角落里，无声无息。

这是我第一次如此认真地观察它，欣赏它。它独茎直上，绿茎碧叶，宛如迎风而立的莲，孑然独立，志气高洁。它开着白花，六瓣，状如牵牛花，花瓣聚生，中间裂开，花萼小叶外托着花瓣。白昼绽放时，就像舞女的裙，在碧空白云下飘舞；黑夜闭合时，又像羞涩的少女，百褶裙聚在一起，纯洁，高雅。离远看，那一朵朵白花，像一粒粒明珠，又像夜空里的星子；近观时，那洁白的花朵，像寺中佛前的莲花，又像迦叶尊者（佛陀十大弟子之一）拈花一笑的那枝花，宁静，致远。这一株株曼陀罗花的形象瞬间高大了起来。我想，这一刻，我永远记住了它的名字，也记住了曼陀罗花的叶、子和花。

忽然想起小时候采花时的情景。八月，北方的乡村已经没有可开的花了，这不似繁花似锦的五月，百花齐放。而院子外的墙根底下，就长了几株曼陀罗花。彼时，我尚不知这花的来历，只看这白花很美，就摘下来放在玻璃瓶里，透过玻璃瓶看水中的白花，很美，也很妙。它的种子被包在一个圆圆的壳里，外面毛茸茸的，等成熟时，就变得有些硬。我把它们一颗一颗摘下来，玩儿够了之后，就将种子埋在地里。我想，它该是开心的吧！作为药材，没有人把它拿来入药，可作为花，它的花却叫人心生欢喜，它的种子被埋在地下，到了第二年，还会顺着节气春生夏长。这大概就值得了。

花为悦己者开，年少的我，便是这曼陀罗花的悦己者。

我喜欢曼陀罗花的气节，不与百花争春，白天开花，晚上闭合，永远向着朝阳而生。虽然，很少人会认得它，并且准确地叫出它的名字，但它还是一样，春生夏长，到了八月就开花，年复一年，生生不息。我喜欢曼陀罗花的纯洁，它洁白、无瑕，向阳而生。花开时，为茫茫绿地增添了一抹白，莹白如玉；花闭时，被月光的清辉笼罩着，泛着淡淡的光。我喜欢曼陀罗花的神秘，它是武侠小说中制作蒙汗药的植物，带着神秘的传奇色彩，让人敬而生畏。虽然它真实的花是白色的，但在我心中，它永远是妖娆的。

见到曼陀罗花，不禁想起《法华经》中："佛说法华经已，入无量义处三昧，身心不动。是时，天雨曼陀罗花，摩诃曼陀罗花，曼殊沙华，摩诃曼殊沙华四种天花，而散于佛及诸大众身上。"这是以花供佛的场景。有种说法，叫佛前供花，得妙相庄严。在佛前供花不仅可以外修容貌，还可以内修心形，相由心生，有一颗美好而善良的心，相貌自然也是美好的。

曼陀罗花作为佛经中四种天花之一，那就是代表圣洁的花。它总在自己的时节开花，不像藤类植物依附于其他物体。它的每一朵花，到了时节，就绽放光彩，展现出最好的一面。就算是凋谢，也可"化作春泥更护花”，种子落在地上，待第二年，又会生根发芽，生生不息。

花的世界很奇妙，它们分守着不同的节气，应着节气绽放。每一次，都倾尽所有，将一切美好都释放出来。花的世界就像人的世界，充满阳光和希望，蕴含无限智慧。

一花一世界，一叶一菩提。我想，在这曼陀罗花中看到的世界该是平和的、温暖的。它告诉我们，无论在何方，无论做什么，或入药，或观赏，都要有一颗淡泊的心，不争而清风自来。这就是花中的智慧。

人，好比花，更要珍爱生命，敬畏生命。要活得像一株曼陀罗花，虽不被人识，却岁岁都在坚守，生长，开花，结果。年复一年，岁岁如此。

也许，这就是生命的意义。生生不息，永远都不会停止。

西塘的烟雨，醉人眼

西塘，这两个字光读出来，就让人浮想联翩，是诗酒趁年华的好去处。它是一幅水墨画，寥寥数笔便可勾勒出，这是烟雨长廊，那是白墙黛瓦的老屋，是历经风雨却韵味十足的小巷。疏疏落落，石桥与潺潺流水交相辉映，染上几分妩媚，却又底蕴深厚，有另一种风情。它不似莲花般清高自傲，也不似牡丹般国色天香，它更像蔷薇，疏影横斜，清雅中带着一丝丝动人，绚丽中带着一点点淡然。

这水墨画般的千年古城，带着江南水乡的古韵，石板路、流水、瓦当、白墙、石桥、长廊，每一处都可入画。古镇的小巷古意盎然，优雅别致；石桥与流水相接，错落有致；酒吧街音乐缭绕，时尚小资。在这里，可以时尚，可以小资，更可以将文艺融入生活。

我向来喜欢江南的水乡，小桥流水，乌篷船，雨中的小巷深处，晴空时的瓦当，每一处都非常爱。江南就该是柔软的、清丽的、婉约的，一砖一瓦都可作诗，一草一物都可作画。走过许多古镇，格外喜欢西塘，除去它充满诗意的名字，我更爱这里的烟雨长廊。

四月末，我与先生去了西塘，客栈在古城外，要过一座桥。沿着狭长的小路走，右边的屋舍临水而建，左边是条小河，岸边种着油菜花，此时正是盛放的时节。

这日天很阴，还有些冷，在西塘古镇的游客不多。走上石桥，却不着急过，就坐在桥上看风景。春天的水，有些瘦，流走的不急，自然而然，随风而去。乌篷船上有健硕的船工在摇桨，坐在里面的一对青年男女在静静地看两岸的白墙黛瓦和商铺人家，感受古镇的烟火气与慢时光。

走到烟雨长廊时，人便渐渐多了一些。在这样一座幽静、雅致的古镇，是可以静下心来慢慢感受的。人们似乎并不着急，都想要慢一点，再慢一点，将西塘的美全部收进眼底，藏在心间，似乎，一切都放松下来了。耳边的吴侬软语，眼前的烟雨长廊，还有脚下的青石板路，都化作心头的宁静，很轻松，很自在。

走着走着，天上的雨便落了下来。细雨跟江南水乡很配，有了微风和细雨，便有了“雨丝风片，烟波画船”；有了楼台与烟雨，就有了“多少楼台烟雨中”的绝句，也成就了这烟雨长廊。蒙蒙细雨氤氲着天空，勾勒着白墙灰瓦，将瓦当隐没在烟雨中，若隐若现，渐大的雨丝冲掉尘土，将青草和绿树的清香带了出来，一瞬间，天地间透着淡淡的清香。

这就是烟雨中的西塘，雅致，清新。这就是烟雨中的长廊，站在廊下，看着落雨的乌篷船，听着雨落下的声音，感受着朦胧不清的古镇，感觉真惬意，时光仿佛静止不动，定格在了这烟雨蒙蒙的时刻。

雨依旧没停，我与先生顺着长廊走到有美食的地方，这条长廊有商铺，有美食，有人群攒动，有阵阵浓香。西塘的美食很多，有芡实糕、粉蒸肉、桂花酒酿圆子、蝉衣包圆、臭豆腐、扎肉……人们在食物面前往往是最真诚的，也足够有耐心，为买到最好吃的美食，甘愿站在小店前排队，为这雨中的长廊增添了几分人间烟火气，着实可爱。

夜晚的西塘格外有韵味，白昼时，我站在桥上看河里的乌篷船；夜晚时，我坐在乌篷船里看着两岸的风景。船划到一半，又落了雨，雨滴打在乌篷船上，落在一旁的水中，滴答作响，仿佛又是另一个空灵的世界。似乎只有在这时，我才离西塘如此近，近到能听到它的声音。风声，雨声，潺潺流水声，每一次落雨，都很动人。远处烟波浩渺，红色的灯笼隐没在烟雨中，倒映在水里，形成水中的美景，那一抹抹红慢慢与河水晕染在一起，落在我眼中，便是为这水墨画增添了一丝色彩。

西塘的夜很长，不远处的岸边有美人着襦裙在拍照，她站在石阶上，身上的纱被风吹起，鬓角的长发也被雨水打湿，可她依旧站在岸边凝望着乌篷船，眸子里藏着深情，仿佛在等着情郎归来。摇桨未停，船还在水中游走，不知从哪里传来悠扬而婉转的笛声，乘着微风，踏着烟雨，传到我的耳畔，仿佛“明月松间照，清泉石上流”那般柔和而自然。

西塘的夜很妩媚，它风情万种，以千娇百媚的姿态出现在人们面前。它娴静，像一个娇羞的少女，时而安静，时而优雅；它妩媚，像一个成熟的美人，时而时尚，时而妖娆。酒吧街的灯笼高高挂起，在被雨水冲刷干净的瓦当下面摇曳生姿，歌声绕梁，劲舞仍在。属于它的夜，才刚刚开始。

烟雨西塘与酒很相配，这里到处都是酒家，其中有一家在烟雨长廊对面，叫“杏花村”。卖酒小妹很热情，她跟我一样，穿着民国风的衣服，瘦瘦小小的样子，在那一坛酒一坛酒中舀出一小杯来请我与先生喝。这酒都是她酿的，她说，长这么大，除了酿酒，其余什么事都不会做。

她跟我说，女儿红颜色很惊艳，妃子笑是用荔枝酿的，桂花酿度数稍高，但口感绝佳。她还说，她从未走出过西塘，好想出去看看。

我对她说，世界很大，心却很小，在古镇酿酒，心一定是满的。这种平和的心态是她独有的。

她听完一笑。她笑起来很美，有江南女子的婉约。

我与先生听了她的建议，买了女儿红、妃子笑和桂花酿。离开时，我回头看了一眼“杏花村”，酿酒的少女正将桂花酿的坛口封紧，很认真，嘴角挂着笑。

在古镇生活，临水而居，酿酒，卖酒，闲暇时就坐在古韵盎然的小屋听雨声。这不知是多少人羡慕不来的生活呢！我想，如果下次再来西塘，我会租一个院子，在这儿住一段时间，然后跟她学酿酒。

后记　与美好的心灵相遇

梦想，倾城之光

年少时看琼瑶写的小说，会被里面的故事吸引，那轰轰烈烈的爱与缠绵悱恻的情，无一不让我心驰神往。彼时，青春懵懂，梦想和现实之间，总觉得隔着千山万水，虚无缥缈，总也抓不住。

我有一个梦想，关于文学，关于爱情，关于一场穿越世界的旅行。可在追梦的路上，无论怎么努力，似乎梦还是那么遥远，没有实现的可能性。

一直很努力，总是在坚持，时刻在期盼。所以，当我的故事合集《精怪物语》在台湾出版时，我欣喜若狂，感到从未有过的幸福。书中的每一个故事都像我的梦想，文字被印在书里，载着我满满的爱，映着我暖暖的笑。美梦成真，多好！

2018 年的七月，算是一个分水岭，在我无涯的时间荒原中，七月之前，是迷茫和彷徨，是在茫茫人海中找寻不到方向的摸索期。七月之后，眼前的路一下子柳暗花明，姹紫嫣红开遍了。我终于尝到了苦中的一点甜，知道了，原来一分耕耘是会有一分收获的，我多年坚持的理念得到了验证，笔耕不辍，永远坚持，绝不放弃，那份收获，或早或晚，都会来临，你要等。

就像爱情，不能急，需要等。

我是一个很怪的人，相信爱情，憧憬浪漫，期待遇到心中的白马王子。我和很多人一样，幻想着有一个盖世英雄，终有一天，他会身穿金甲圣衣，踩着七色云彩，跨过千山，越过万水，来到我身边，然后永远都不分开。瞧，多好，我的梦多清晰！我甚至想象着，他应该很高，挺拔的身姿，英俊的面孔，深邃的眼眸，和我一样，心中有梦，一直在路上，拼搏、奋斗，自信、勇敢，善良、孝顺。这条条框框，就像是我塑造的小说里的男主角。

同样，我对爱情也很执着，遇到先生前，我总觉得自己的思想飘在空中，浮沉缥缈，不真实，我沉浸在小说的世界里，有时甚至分不清现实。人们说，遇见对的人，你的直觉会告诉你，这个，就是你一直等的人。

与先生相识，是一见如故，便生万千欢喜心；和他相处，是积沙成塔，情分深厚。从晨曦到夜晚，从春夏到秋冬，日复一日，他都给予我最多的支持。每当我的写作事业遇到瓶颈，或者内耗太多，心不静，或者自我否定时，他都会陪在我身边，用实际行动支持我。先生相信，我终有一日，会实现自己的梦想。

所以在九份山城上，先生给我买了一个玛瑙印章，那是我最爱的紫色。他说，迎着光看，可以看到玛瑙中的纹路，像一条腾飞的龙。

我有梦，写作之梦。写字，出书，去我喜欢的城市里做演讲，分享我的青春和梦。

小时候，我喜欢在日记本上写心情，写遇到的人，写我做的梦。那时刚接触英文，我就试着写英文剧本，闭上眼，想象着小话剧的情形。那时很幼稚，思维也很稚嫩，不成熟，但我觉得和文字打交道很有趣。

上大学后，时间相对来说比较充裕，我开始上网写小说，将我心中的故事编织出来。也坚持写日记，记录我的生活和所见所闻，后来，我经济独立，有了能力去看世界，我开始搜集所去过地方的硬币，写游记，写心情，写感悟。在文学这条路上，兜兜转转，已经有十年了。十年来，我一直没有放弃，一直在坚持，因为我相信，我的努力不会被辜负，我的人生终将璀璨。

我是一只小蜗牛，是人群当中最普通的存在，在我选择的路上，一步一步地爬着，和着眼泪和汗水。我想，我会成功，多少次我告诉自己不要着急，我需要给蜗牛时间，需要给蜗牛一点等待，我坚信，蜗牛的梦想可以实现。

青春，韶华，从不曾远去，梦想让我保持年少的模样，积极向上，勇往直前，充满正能量！我相信，当岁月的长河走向尽头，我仍旧在追梦的路上，从不停歇。

从不停歇，所以一直年少。拼搏和努力的时光，就是我的倾城之光。

人间喜乐

时间不多了，真的不多了。

二十九岁生日那天，我对自己说，时间不多了，真的不多了。

这是我最后一个以二打头的生日，从十九岁高考完离开家，到今年，刚好十年。这十年，最具青春活力，我真正做到了读万卷书，行万里路。除了工作和学习外，我坚持写作，看世界。这些年，我去过很多城市，走过很多路，也遇到许多人。繁华、热闹、锦上添花的事情遇到不少，等一切繁华落尽，独自一人时又觉得孤独。

是的，孤独。写作可以使人内心平静。可刚刚开始的那几年，我没有找到一种持续的张力，往往都是断断续续，有灵感了就写，没灵感的时候就看书。那些年我的心不静，没有找到写作的方向。就像一只刚出生的小鸟，刚会走就想飞，在摸爬滚打中苦苦煎熬，终于会飞了，却只能在原地盘旋，找不到未来的方向。

后来有次去巴厘岛的时候，跟当地的艺术家聊天，他们的手艺都是一代又一代传承下来的。绘画、石雕、木雕、银饰、布艺……一生都在传承艺术。他们虽然赚得很少，每个月的收入微薄得有些可怜，可是他们的心很静，很稳，很有张力。他们把一切都看得很淡，并且把艺术融入到了生活中。从他们身上，我看到了淡泊、宁静和祥和。

我爱写作，很爱，很爱。

去了巴厘岛后，我开始反思自己对于写作的爱是不是不那么纯粹？有一段时间，我开始计较收入，心里有杆秤在算投入和产出。可是，爱不是无私的吗？带着功利心去做一件事情，怎么会开心，怎么能成功呢？当然，有人认定成功和金钱是成正比的，没有钱，那还写什么？这几年，身边也有人嘲笑、暗讽过我，写了这么多年，还不是名不见经传，钱也没赚到多少。我听了这些话真的很难过。还有一段时间，钱是赚到了，比正常上班的工资都多，可是我不开心，反而更难过。那个时候，写作似乎不再是我热爱的事情了，我的内心不再热忱，不再有激情。写到最后，甚至萌生出再也不想写的念头。

“夜不能寐，辗转反侧”，用这八个字来形容我当时的状况最适合不过。入睡困难，心里发慌，怎样想都觉得不安。我不知道那种不安和焦虑是因何而起的，心找不到栖身之所，似乎一直在随波逐流，无所依靠。甚至有时整夜睡不好，做梦更多，天马行空的，没有方向。

后来，我开始重新思考我写作的初衷，那一段内耗过大、与自己博弈的心理过程，其实是在不断地与自己角力的过程。我开始承认，在写作中滋生出功利心和攀比心是很危险的，也不纯粹。那份对写作的热忱与爱被现实世界冲击得偏离了航道，失去方向，失去目标，更没有未来。的确，我的心不平静，总是患得患失。我还是太着急了，感觉不到自己的心。

这十年，我太渴望证明自己，临近三十，我愈发觉得时间不多了，真的不多了。我想要出书，实现自己的梦想，可是我忘了，梦想是一个持续的过程，追梦是没有时间限制的，这个过程也应该是自由的，灵魂深处也应该是淡泊的。我问我自己：难道在三十岁之前出了书，你的梦想就实现了吗？之后就停笔不再写了吗？

一次次与自己的心角力，找到了隐藏在内心深处的想法。后来我终于知道，写作使我不再孤独，不再寂寞，我在文字中找到了属于自己的一片天，那里有爱，有希望，有我一直坚持的梦。心灵的救赎和成长是最可贵的，最后达到释然与和解，实现这两点的时候，我想，那时的我，应该是一种淡然而祥和的状态。

从前渴望繁花似锦，如桃之夭夭，灼灼其华；也想像盛放的蔷薇，交响乐团一般热闹。如今却独独喜欢茉莉，一小粒一小粒的白色花朵点缀在一丛绿中，那么简单，那么纯粹。

写作是一场心灵的救赎，文字代表着人的心境。心静，文字就淡泊，心乱，文字也慌张。我开始不去追求华丽的辞藻，只关心内心的真诚，真诚的文字才能触碰心灵，感动读者。

读万卷书，行万里路。当人的眼界越来越宽广时，心反而会越来越沉静，向内收。走过的路，看过的风景，是外延；读过的书，心灵深处的思考，是内收。内外要平衡，不可以失衡。我想，在那段时间里，之所以觉得时间不够，内心慌张，不平静，就是因为我的心没有往内收，自己处在困境中或者对未来有期许，心乱，其实是我的内心出现了问题。

想通、理顺这些道理之后，我变得更加坚定。对于写作，还是要坚守一颗平常心，细水长流才是长长久久的爱。

心有归处，大概就是我的人间喜乐。不是吗？

暗夜流光，岁月静好

流年一瞬，韶华易逝。曾梦想仗剑闯天涯，感受金庸笔下的豪迈与奔放，追求那种恣意和畅快。后来才发现岁月如梭，光阴匆匆，生活并不会姹紫嫣红开遍，而是简单的一饭一蔬，平淡而陶然。

少年时，青春洒脱，总觉得要做一番事业，才不辜负这大好时光。时光虽好，却太短暂，还没好好计划，时间就从朝夕之间溜走，从不停歇，也不曾等待。

总说着，等时间充裕，一定要去看世界，去学一种乐器。理想很丰满，现实却很骨感。当整日忙碌、焦虑，日与夜，就永远都是生硬的字，没有赋予它生活的色彩。倘若朝夕之间放慢脚步，你会看到清晨第一缕阳光，看到幼儿园的小朋友在小区院里骑车，听见喜鹊的叫声；到了夜晚，璀璨的星子铺满了夜空，你会感受到夜的静谧与神秘。

时光慢慢流逝，你慢慢感受。

一切都发展得太快了，人们在现实生活中随波逐流。但请不要轻易交托自己的本心，请保留心底的纯真与美好，对未来充满坚定和希望。

繁华热闹越多，就越要冷静。静下来，将思绪沉淀，慢慢想，要有一颗在尘世中沉浮的清冷之心，遗世而独立。孤寂，却不孤独，因为心里有光，眼前有路，身边有人。

现世安稳，不困于心，一切顺遂。

拥有一颗纯真的心，保持清醒，远离烦琐和复杂，归于淡泊。

淡泊却不平淡，明月松间照，清泉石上流，惬意自在。三餐简洁、清淡，一饭一蔬，搭配很有质地的日瓷，享受视觉的盛宴。偶尔去野外写生，画布上涂满色彩，将艺术与画布结合，生活与自然连接。享受独处，感受静谧，独处时静谧的力量很有张力，文字在我心里经过排列组合后变得深厚，承载着情谊。画笔下的世界更加明亮，透着自然的气息，那是生命，是青春的张力。

雪，松柏，炉火上的茶。火苗将溢出的茶水舔舐，茶香浓郁，透着淡淡的宁静。北方的冬日来得特别早，第一场雪落下，仿佛预示着大自然开始了冬眠，一切都被白雪覆盖，银装素裹，茫茫一片，却格外妖娆。看着蓝天，遥望着远山上的白雪，风从耳边吹过，仿佛时间停止，一切都停滞不前，就这样静静地感受生活，当下的每一天，平凡的世界。

每一日都是平凡的，每一日又都是不平凡的。平凡才是最有力量的，这种力量脚踏实地，可以清楚地感受到，触手可及。亲人的关怀，爱人的亲吻，朋友的故事，都是平凡中的伟大。

安静地感受这个世界，暗夜流光，岁月静好。不辜负青春，也不虚度年华，总保持着热忱而陶然的心。低调不张扬，朴素不奢华，就这样，在感知生活的过程中去遇到最好的自己，简单、快乐、幸福。

遇见自己，遇见你（中国 · 台中）

（一）彩虹村的幸福

旅途中遇到过许多小村落，这里藏着动人心扉的美，是安逸，是活力。在台中遇见彩虹村——这个转角就是童话世界的地方，让人误以为闯入了梦幻森林，处处都是纯真与美好。

坐公车穿越广阔无垠的农田，探寻朴实背后的美，它像翡翠一样镶嵌在苍茫大地上，在蜿蜒曲折的溪流中抚平人们燥热的心。彩虹村很好找，它就藏在水田的对面，没有曲径通幽，只是猝不及防，只稍稍一抬眼，那美景便映入眼帘。

彩虹村在中国台湾省台中市南屯区春安路 57 巷，这个村子就像日本漫画家宫崎骏笔下的童话世界，充满纯真和感动，色彩如油画般浓郁，随手涂鸦就处处是艺术。从外墙到街道，从灯笼到窗扇，处处都是色彩斑斓的图画。走进彩虹村就像进入了七彩的魔幻世界，仿佛踩在彩虹上看着虹光，飞到夜空看星辰，一切都是自由的，一切都是纯粹的。

现在，彩虹村是藏在台中的艺术瑰宝，但在这之前，这里只是国民党退伍老兵们居住的眷村[①]。时间久了，居住的人越来越少，房屋也开始破旧，一位年近九十的老人开始用画笔修补墙壁，从自己居住的屋子开始，一直延伸到街角，从房檐到地面，一点一点，用他稚拙的画铺满全村，最后让它成为一道亮丽的风景。

这个老人是黄永阜，是一名国民党退伍军人，人们亲切地称他为“彩虹爷爷”。起初他创作是因为无聊，闲暇之余作画，他用刷子将油漆涂在墙上，将梦中出现的画面留下来。这个举动本是虚无之作，但却产生了积极的影响，不但保留了这个饱经风霜的村子的原貌，更对民俗文化的发展有着深远的影响，同时，也不断地激励来旅行的人们要怀揣梦想，不忘初心。

彩虹爷爷画中的世界充满希望和温暖，同时也是自由的。从村口到街角，到处都是色彩鲜艳的画，有人，有动物，有天空，有星辰，还有古怪的图形和祝福的话语。创作来源于生活，想到什么，就画什么，作者和作品都是自由的，不受拘束的，就像任何一个灵魂都是自由的。他喜欢孩子，所以就将纯真和善良画出来，留给所有的孩子，让他们也有一个童话般的未来，健康快乐地成长。

村子里还有一个身穿彩色战衣、头戴钢铁人头盔的人，他会拿着吉他唱歌，会帮游客拍照，他是彩虹战士，要将彩虹爷爷的梦想与快乐传承下去，坚守这份信念，传递温暖和正能量。如果你去听彩虹战士弹吉他，可以向他脚下的盆里投几枚硬币，他会摆出拯救世界的姿势跟你拍照，并且会送你一张他自己制作的明信片，嘱咐你不要忘记梦想。

---

① 眷村，通常指1949年至1960年代，于解放战争中失败的国民政府，为了安排被迫自大陆迁徙至台湾的国民党军及其眷属所兴建的房舍。——编者注

彩虹战士的笑声很快乐，虽然看不到他的脸，但我们都知道，他很幸福，他一直在守护梦想的路上，不断前行，从不遗忘。就像彩虹爷爷一样，坚守初心，守护快乐。

彩虹村会给你带来快乐和幸福，如果你去，记得带回来一些快乐，分享给身边的朋友。

这个世界从来都是温柔的，且充满快乐。

（二）等下一辆公车

彩虹村头顶的天空是湛蓝的，白色的云朵飘在空中，像一团团巨大的棉花糖，似乎还沁着一层糖霜。站在桥上等风来，微风吹拂，远处的虹光似乎被揉进溪水中，潋滟着七彩的光芒，波光粼粼，倒影接连碧空，正是一年好风光。

台中的郊区地广人稀，出了彩虹村，路上一个人都没有，只有大片大片的农田，绿油油的水稻铺了满地。村口还有一座桥，站在桥上，就能看到最质朴的风景，疏落的房舍、懒散的石块、整齐的稻田，几朵紫色的喇叭花。

野花零零散散地开在河边，远处传来几声蛙叫，风再吹来时，就有些惬意和空灵了。似乎透着清泉石上流的幽静，又有着芳草连天碧的神韵。刹那间，时间仿佛静止，静到可以听到心跳。眼前的一切都鲜活起来，给人自由的感觉，喇叭花想开花就肆无忌惮地绽放，累了就合上花苞，像一个羞涩的少女，枝蔓攀爬，向远处延伸，恣意畅快。

这里离大学很近，偶尔会遇到几个学生，公交站却很远，需要走很久的路。这里离市区很远，等公车的时间较长，好在路旁有樟树遮阴。此时正值花期，嫩黄的小花朵落了满地，一朵朵，一簇簇，开到奢靡。

在等公车的时候有可能会遇到东海大学的情侣，女孩纤细白净，讲起话来很有台湾腔，就连生气都很温柔。一直很喜欢台湾的女孩，她们打扮精致，温柔可爱，讲起话来别有一番滋味。

一个小时过去，公车终于到了。如果是两个人，可以坐在靠窗的位置，沿途还可以看风景，彼此交流。

台中的郊区颇有一种“浮世绘”般的宁静、质朴之美，恰似一幅微凉的水彩画，线条疏朗，婉约多姿。是“新晴原野旷，极目无氛垢”，有一幅幅生动的画卷铺陈开来般的宁静致远；也是“白水明田外”般的柔和，缠绵着和煦的风。一切都是幽静的，也是平和的。

公车上的人很少，除了行驶的声音，没有拥挤和嘈杂。如下车需要报站，就按一下扶手上的按钮，然后站在下车的位置等候。

如果有机会去台中的郊区流浪，一定要坐一次公车，慢节奏地感受这座城的美和静。就像是去赴一场约会，带着懵懂，和着青涩，就这样青春，就这样安逸。

（三）东海大学的牛乳

“美哉吾校，东海之东。挹重溟之巨浪，培万里之长风。求仁以归主，神圣本同功。劳心更劳力，专业复宏通。贯精麤于内外，东西此相逢。美哉吾校，美哉吾校，永生之光被四表。立心立命立人，极于无穷。”

这是东海大学的校歌歌词。

词语奋进，激昂澎湃。如果时间恰好，你可以在东海大学的校园里听到这首校歌，活动室弹奏出的钢琴旋律和着动听的校歌，颇有一种清泉石上流的空灵缥缈之感。

东海大学是一所综合性的私立大学，学校以美丽著称，被誉为“台湾最美大学”。东海大学传承了优良的学术，其博雅的学风透着璀璨的光华，是台湾的瑰宝。校园内风景优美，灰瓦、白墙，宽阔的院落，疏朗的树木高耸入云，清澈的湖水波光粼粼。一草一物都可作诗，一砖一瓦亦可入画。

在校园西南方的山坡上有一处牧场，是农学院的同学自己垦拓的。这些奶牛是从美国进口的荷兰牛，漂洋过海来到这里繁殖，奶牛在这样幽静的校园里生长，精神必定愉悦，所产的牛奶也很健康。距离牧场不远的地方有一个乳品小站，自给自营，将新鲜的牛奶加工成乳制品。

乳品小站内的空调开得很大，一进门就有一种清凉之感，夹杂着淡淡的乳香，清新自然。一瓶新鲜的牛奶需要 98 台币，一根冰棒 22 台币。售卖小妹很亲切，笑容真诚，声音也好听。买完牛乳还可以要一个纸杯，方便饮用。

在小站门口有明信片盖章区域，朴素的木桌，三五个木头印章，一张奶牛牌子，几份东海大学的校园地图。就这样摆在木桌上，简单明了。在旅途的日记本上盖上印章，给大瓶牛乳拍个照，作为打卡配图。牛乳屋外有几张桌子，游客和学生坐在椅子上喝着牛奶，聊着天，好不畅快。

如果想独自一人享受美味，可以去对面的休息区，有树荫遮挡。微风吹拂，传来阵阵花香，馥郁香醇，别有一番风味。一人，一杯，自斟自饮，迎着清风赏景，端着纸杯品味，享受片刻的幽静，陶然。

哈尔滨的东北农业大学里也有一个牧场，一块菜园，供农学院的学生实验。农大的酸奶和水饺被北方的大学生口耳相传，是当地特色，吸引了许多在哈尔滨上学的大学生。一份水饺，一瓶酸奶，构成了简单的午餐，绿色食品，干净健康，他们都在享受平凡的时刻。

旅途中的风景令我们沉醉，一路繁花相送，一路引吭高歌，繁华落尽，沉淀在心里的永远是那份宁静。喜欢一座城，并不只是游览名胜古迹，旅游景点，还要去探寻最质朴的东西和人文精神，找到真正属于这座城的特色。

因为旅途，我们遇到许多人，我们都是生活在浩瀚宇宙中的一粒尘埃，互相牵绊着，努力生活。一直在路上，从不会停歇。